21세기 재택근무,

똑똑하고 말랑한 이야기

21세기
재택근무,
똑똑하고 말랑한 이야기

박민정 지음

알맹이 없는 허허 재택근무는 NO
진짜 겪어본 실실 재택근무 경험담 YES

좋은땅

목차

재택근무 똑똑한 이야기

재택근무 말랑한 이야기

재택근무 맺음말

재택근무
똑똑한 이야기

예측 불가
COVID-19 시대

        한 나라의 경제를 구성하는 수많은 산업은 개인에게는 '직업'이라는 이름으로 주어진다. 어울리는 직업을 골라 열심히 일하고 수익을 얻어 생활하는 개인은 마치 커다란 작품을 구성하는 작은 퍼즐 조각과 같다. 다양하고 다채로운 이 작은 조각들은 서로 긴밀하게 이어져서 국가라는 대작(大作)을 탄탄하게 떠받친다.

  '심리 상담사'와 '강사'라는 퍼즐 조각을 가지고 나름 만족하며 평범한 날들을 보내는 도중 똑똑, 코로나 바이러스라고 불리는 COVID-19 (2019년 대유행을 시작한 Coronavirus disease의 국제적인 명칭. 대한민국에서는 발음 편의상 '코비드 일구'로 부르고 있으나 2019년을 뜻하는 19이므로 '나인틴'으로 발음하는 것이 정확하다.)이 노크를 했다. 살포시 문을 열어 확인하려는 찰나 이 불청객은 와당탕 문을 부수며 들어왔고 그 바람에 퍼즐이 구성하고 있던 그림은 산산조각이 나며 흩어졌다.

　COVID-19에 삶을 지배당한 지 어언 1년이 지나가고 있다. 어떻게든 다시 엮이기 위해 자신의 자리에서 외로이 고군분투(孤軍奮鬪)하는 노력이 눈물겹다. 현실은 처참하다. 계획했던 일들이 모두 다 어그러지고 미뤄졌다. 어영부영 등 떠밀리듯 시작해도 중간에 멈춘다. 이젠 괜찮나 하고 한 발짝 가다가 또 멈추는 일이 반복된다.

　살아가기가 힘들고 적응하기도 버거운데 이 와중에 앞서 나가는 사람들이 하나둘 보인다. 그들은 단순히 운이 좋은 걸까, 이 사태를 예견하는 축복을 받았던 걸까. 나 혼자만 뒤처진 걸까? 나는 느릿느릿 가다가 멈추는데 그들은 점점 속도가 붙는 것처럼 보인다.

　이러다가 맨 뒤도 아니고 저만치 멀리에 덩그러니 혼자 남아 도태되어 버리는 건 아닐까. 암울한 시간이 길기만 하다.

　COVID-19 못지않게 '코로나 블루'라고 불리는 우울과 무기력이 삶을 심각하게 위협하고 있다. 전염병에 의해 바뀐 세상에 적응해야 하는 강박과 그렇게 하지 못하는 상황에 대한 공포가 질병보다 더 무섭게 삶의 질을 하락시킨다.

　COVID-19 대유행은 반드시 끝이 있다. 지금은 기세등등하지만 두고 보자. 언젠가 머지않은 미래에 꼬리를 감추며 무너져 버린 채 그저 지독하게 힘들었던 과거로만 회자될 것이다. 현재로서는 참으로 꿈같은 말이지만 인간은 계속해서 질병과 싸워 왔고 시간은 걸릴지언정 패배한 적은 없다.

　역사를 돌아보면 전염병이나 전쟁 등이 휩쓸고 지나간 후의 세상은 대변혁을 맞이했다. 역사책에서만 보던 그 소용돌이의 시간에 지금 우리 모두가 휩쓸려 있는 셈이다.

COVID-19 대유행은 말 그대로 위기이자 기회이므로 무엇이 사라질 것인가 또 어떤 것이 달라질 것인가를 잘 살펴보고 예측하며 변화에 대응해 나가야 한다.

재택근무 시스템을 제대로 이해하는 것은 기본적인 대응에서도 첫 번째 과제다. COVID-19 대유행 덕분에 반강제로 떠안은 숙제처럼 느껴지지만 사실 현 사회가 맞이하고 있는 변혁의 물결이 고스란히 반영되어 있다.

재택근무는 단순하게는 유연근무제의 한 형태로 여겨지지만 21세기 공간에 대한 새로운 개념과 기준을 제시하고 있어 사실상 공간의 혁명이라고 할 수 있다. 시대의 흐름에 따라 어떻게든 받아들이게 되었을 테지만 지나치게 억지로 도입한 탓에 부정적인 면이 많이 부각되고 있어 아쉽다.

사회 초년생으로서 직업에 대해 진지하게 고민하고 있거나 재취업을 시도하는 사람들이라면 반드시 재택근무를 한 번 이상 경험하거나 제시받게 될 것이다. 이때 기존에 가지고 있던 개념 그대로 집에서 머무르며 일하는 정도로 가볍게 취급해서는 안 된다.

일찍 일어나는 새가 먹이를 잡을 수 있었던 시대는 지나갔다. 무턱대고 열심히 한다거나 부지런하게 구는 것은 더 이상 소용이 없다. 21세기의 새는 일찍 일어나는 것뿐만 아니라 날개를 펴고 주변을 한번 크게 훑어보는 센스를 갖춰야 한다. 순수하게 관찰하며 변화를 느껴

보라. 날씨는 어떻게 변했고 계절의 변화는 어떠한지, 또 다른 새들은 어떤 모습을 하고 있는지가 보여야 한다. 획일적인 가치관을 가지고 덤비는 무모함이 아니라 다양성을 인정하고 변화를 읽어 내는 눈이 필요하다.

재택근무를 하는 이들이 있다면 어떤지 물어보고 정보를 수집할 필요가 있다. 21세기의 새로운 재택근무 시스템에 대해 갑론을박을 주고받는 전문가들의 이야기에 귀를 기울이는 것도 유용하다. 이 시대가 재택근무를 어떻게 소화해 내고 있는지 하나씩 들여다보면서 궁극적으로 스스로 어떤 위치에서 어떻게 적응해 나갈지 결정하도록 한다.

21세기
재택근무

COVID-19의 유행이 본격화되면서 재택근무의 물결이 밀어닥쳤다. 선택할 수 있는 옵션이 아니라 무조건이었다. 기업은 성장을 기대하기에 앞서 일단 유지되어야 했고 이에 따라 성과 여부에 상관없이 업무는 지속되어야 했다. 효율성을 제대로 따져 볼 틈도 없이 뭐가 뭔지도 모르고 모두 그저 재택근무를 당연하게 부둥켜안아야 했다.

근래에 들어서 기술의 발전은 이전과 비교할 수 없을 정도로 빠른 속도로 진행되었고 그로 인해 다양한 직업이 생겨난 만큼 경제 활동의 형태도 다채로워졌다. 기업의 본격적인 재택근무 도입 및 활성화는 대한민국뿐만 아니라 전 세계적인 추세다. 뉴 노멀(New Normal : 2007년부터 시작된 국제적인 금융 위기와 2012년까지의 경제 침체로 인해 만들어진 새로운 기준을 부르는 경제적 용어다. 새롭게 생겨난 모든 기준들을 부르는 말로 통용되고 있다.) 시대의 대표적인 변화로 꼽을 수 있을 정도다. 재택근무의 도입이 마치 COVID-19 때문에 갑자기 생겨난 것 같지만 변화와 발전에 따라 이미 많은 부분에서 도입되어 있었고 그와 비슷한 환경은 이전에도 존재했다.

집에서 소소하게 재봉을 하여 블로그를 통해 수제품을 만들어 파는 지인이 있다. COVID-19 유행으로 인한 마스크 파동 때 얼떨결에 주문받은 수제 마스크를 만드느라 한 번도 감당해 보지 못한 물량의 일감을 처리하는 경험을 했다. 집은 아수라장이 되었고 마스크 원단에 파묻힌 채 재봉틀을 붙든 그대로 잠든 적도 있다.

원룸이 많은 동네에서 저렴한 가격에 1인 반찬을 만들어 팔던 사장님은 사회적 거리두기가 시작된 이후 생전 처음으로 일손이 딸려 가게 반찬을 조리실에서 다 만들지 못하는 경험을 했다. 가게에 딸린 작은 방에서 배우자와 둘이 지내는 처지인지라 급한 김에 방이고 바닥이고 가릴 것 없이 식재료 상자를 산더미처럼 쌓아 놓고 출가한 자녀들을 불러들여 밤새워 작업을 했다.

이들의 모습은 딱히 낯설지 않다. 업무 공간이 애초부터 사적인 공간으로 정해진 경우다. 이들은 재택근무자일까? 사적인 공간에서 수익을 내는 작업을 한다면 재택근무라고 할 수 있을까?

예전에는 단순하게 업무 공간이 '집' 또는 '거주지'로 한정되는 것을 재택근무로 여겼다. 21세기의 재택근무는 목적과 형태를 비롯한 많은 부분이 이전과 다르다. 남은 일거리를 집으로 가지고 가서 마저 하는 행위, 몸이 아파서 하루 쉬면서 집에서 업무를 보는 행위 등은 '재택'과 '근무'에 해당하기는 하지만 이 사회가 요구하는 재택근무와는 거리가 멀다.

COVID-19 대유행이 시작되는 초기에는 재택근무를 하고 싶다는 바람이 직장인들에게 들불처럼 번졌다. 왜 우리 회사는 재택근무를 안 하는지 모르겠다는 불평을 수도 없이 들었다. 일리 있는 말도 있었지만 몇몇은 최소한의 상식을 갖추지 않은 투정이었다.

상식적으로 봐도 모든 분야에서 재택이 가능하지는 않다. 구성원들이 어느 정도의 업무 계획이나 수행에 있어 자율성을 갖는 직종이라면 수월할 것이나 다른 구성원들과의 업무 협조가 필수적이고 고객과의 대면 접촉이 요구되는 분야는 재택이 아예 불가능하다.

고용노동부에서 내놓은 재택근무 매뉴얼을 보면 기업 입장에서의 장점으로 비용 절감, 숙련된 인력의 이탈 방지, 업무생산성 향상, 기업경쟁력 상승, 그리고 재난 상황에서의 기업 활동 지속을 들었고 고용인 입장에서는 출퇴근 부담의 경감, 경력 단절 예방, 다양한 일하는 방식의 실현, 일과 생활의 균형 실천 등을 들었다. 맞는 부분도 있고 탁상공론 같은 부분도 없지 않다.

매뉴얼에서 특히 눈에 띈 부분은 재택근무 도입을 고려하는 데 있어 직접 겪은 이들에게 이야기를 들으라는 권유였다. 재택근무가 실제로 어떻게 이루어지는지, 업무를 효과적으로 수행하기 위해서 고려할 점은 무엇인지 경험자에게 조언을 듣는 것은 매우 유용하다.

지금은 성공적으로 재택근무를 시행하고 있지만 예전에 멋도 모르고 덤비다가 주저앉은 경험이 있다. 지금은 너무나 분명하게 알고 있는 점들이지만 그 당시에는 까맣게 몰랐다. 누군가 알려 주거나 살짝 귀띔이라도 해 주었다면 많은 실수를 줄일 수 있었을 것이다. 아마 지금 누군가도 그때의 나처럼 잘못된 생각으로 고민하고 선택함에 있어 갈팡질팡하고 있을 것이다.

COVID-19으로 인한 생활의 변화로 심리 상담을 원하는 내담자들이 많다. 대부분 젊은 계층이고 진로와 직업에 대해 이야기를 나누다 보니 재택근무 시스템에 대해 오해하고 있는 부분이 상당히 많았다. 상담사와 CS 강사라는 직업을 동시에 가졌기에 알게 되는 부분이다. 가벼운 마음으로 한두 가지 이야기를 나누다 보면 답답한 마음이 후련해졌다고 기뻐하는 이들도 상당하고 기본 개념을 갖지 못한 채 많은 왜곡에 빠져 있다가 정신을 차렸다고 감사해하는 이들도 있다.

정보는 나누고 공유할 때 빛을 발하는 법이다. 분명 이런 정보와 이야기들이 필요한 이들이 있을 것이다. 코로나 블루를 극복하고 새 시대에 적응하는 데 도움이 되면 좋겠다.

21세기
공간의 변화

현대 사회를 뉴 노멀 시대로 정의하는 것은 이전과 확연하게 다른 변화가 있기 때문이다. 피부에 와 닿는 변화 중 하나로 완전히 달라진 공간의 성격을 들 수 있다. 여기에는 집과 가족이라는 개념의 변화가 한몫을 단단히 했다.

'집은 어떤 곳인가'라는 질문을 던져 본다. 삶을 이어 나가는 데 필요한 기본 요소인 의식주(衣食住)에서 가장 근본을 이루는 주(住)에 해당한다.

집은 궂은 날씨가 주는 고난을 피할 수 있고 음식을 조리하고 저장할 수 있다. 지친 하루를 정리한 후 다음 날의 생활을 준비할 수 있고 가족이 모여서 지내며 세대 간에 정보를 전달하는 것이 가능하다. 집의 크기나 분위기는 유행이나 시대의 흐름을 따라 변화하지만 이런 기본적인 목적과 기능은 크게 변함이 없고 앞으로도 격변할 가능성은 낮다.

이제 질문을 살짝 바꾸어 '당신의 집은 어디인가'라고 묻는다. 누가 이 질문에 답을 하는가에 따라 수천수만 가지의 답이 나온다.

전에는 집을 가족이 함께 거주하는 곳으로 여기는 게 당연했다. 그러나 지금은 대부분 질문을 받은 이가 주로 거주하는 곳을 집이라고 답한다. 1인 가구일 수도 있고 대가족의 일원일 수도 있다. 혹은 가족이 아닌 여럿이서 함께 거주하고 있을 수도 있고 계약 관계에 따라 전혀 모르는 사람과 공간을 함께 나누어 쓰고 있을 수도 있다. 예전에도 이런 사람들은 있었겠지만 지금처럼 많고 다양하지는 않았다. 사회 구조가 바뀐 만큼 당연히 집을 구성하는 요소도 전과 다르다.

심리 상담에는 객관적인 지표를 얻기 위해 심리 검사가 사용되곤 하는데 HTP 검사(House, Tree, Person : 집과 사람과 나무를 그려서 무의식적인 마음을 투영해서 나타내 보이는 심리 검사)나 KFD 검사(Kinetic Family Drawing : 가족 동작화 검사, 가족 구성원들이 뭔가 행동하는 것을 생각하여 그림으로 나타내는 검사)가 보편적으로 사용된다. 그림 속에 나타나는 상징과 개념들은 정해진 답이 없고 개인이 처한 상황이나 표현하고자 하는 내용에 따라 다양한 결과를 보인다. 수년간 내담자들을 대상으로 이 검사를 시행하다 보니 집이라는 공간에 대한 개념이 세대에 따라 상당히 달라지고 있음이 느껴진다.

기성세대의 그림을 보면 결혼 유무에 상관없이 집과 가족에 대한 고정관념이 매우 강하게 드러난다. 집은 일단 가족의 공간이며 여기에는 부모님, 부부, 자녀, 형제, 자매 등의 인물이 필수적으로 포함된다. 집은 가족과 함께하는 공간이어야 하며 구성원도 획일적이다.

젊은 세대의 그림은 매우 다양하다. 원룸과 고시원, 기숙사 등 자신이 거주하는 곳이면 모두 집이라고 부른다. 부모님이 계신 곳을 집이라고 부르면서 자신이 거주하는 곳은 집이 아니라고 선을 긋는 경우도 있고 반대로 자신이 머무르는 곳을 집으로 한정하기도 한다.

개념이 달라진 만큼 구성원도 획일적이지 않다. 기숙사의 룸메이트는 자신의 거주지를 구성하는 일원이기는 하지만 가족으로 보지는 않는다. 비싼 집세를 함께 감당하기 위해 계약 관계에 의해 집을 공유하는 룸메이트면 일단은 구성원으로 여긴다. 만일 결혼을 꿈꾸는 파트너와의 동거라면 당연히 가족의 범주에 넣는다. 반려동물은 대부분 예외 없이 당연하게 가족으로 여기곤 한다.

집과 가족의 개념이 달라져 가는 원인은 다양하지만 대표적인 것은 1인 가구의 급성장과 실업률 및 이직률의 상승이다. 혼자 사는 데 익숙한 사람이 많아지면서 집은 가족의 공간에서 개인의 공간으로 변화하고 있다. 시대의 변화에 따른 직업의 다양성도 더해지면서 쉬운 이동성도 거주지를 선택하는 데 중요한 고려 사항이다. 한곳에 정착해서 장기간 살아야 할 이유가 없는 1인 가구는 2년 단위의 전·월세 계약을 선호하지 않는다. 당연히 부동산 계약의 형태도 다양해지고 있다.

홀로 사는 가구가 늘고 직업을 따라 이동하는 이들이 늘어나는 가운데 자녀가 독립하고 떠나간 자리에 남은 부모들의 생활도 달라졌다. 평균 수명이 70세인 사회와 100세인 시대는 비교 자체가 불가능할 정도로 완전히 다르다. 70세에 인생의 마지막을 정리한 예전과 달리 지금은 남은 30년을 어떻게 보낼지를 고민해야 한다. 노부모들은 제 코가 석 자인 자녀가 생활비를 대 주고 부양해 줄 것이라는 기대를 할 수 없는 현실이고 혹 결혼을 하지 않고 독신으로 지내 온 이들이라면 할 수 있는 만큼 경제 활동을 하는 것은 당연하다. 유지비가 많이 드는 큰 집보다는 적당한 크기의 중소형 집이 선호되는 이유다. 실제로 재개발되는 아파트 단지에 보급되는 집의 크기를 보면 예전에 비해 넓은 평형의 구성 비율이 확연히 줄었다.

평균 수명이 늘면서 연령대에 따라 기대되는 사회 활동도 변화했다. 노인이라고 불리기에는 어색하지만 젊다고도 할 수 없는 중장년층은 이동이 잦거나 체력이 많이 소모되는 일보다는 집에서 할 수 있는 일을 선호한다. 사이버 대학이나 사이버 대학원, 사이버 평생교육원 등의 온라인 교육이 활성화되는 데에는 중장년층에서 노년층에 이르는 인구의 배움에 대한 열의가 한몫하고 있다.

새로운 정보통신기기의 기술 습득과 원활한 온라인 환경이 필수이며 집은 더 이상 주거만을 위한 공간이 아니다. 재택근무를 할 수 있다면 사무실이 되고 학업을 이어 갈 수 있다면 학교가 되고 교실이 된다.

20세기까지의 집이란 가족의 거주 공간으로서 편안한 쉼을 제공하였으며 이를 소유하는 것은 부의 축적을 보장했다. 그러나 인구가 줄어들고 빈집이 늘어나면서 더 이상 기존만큼의 경제적 이윤을 남겨

주지 못하고 있고 도리어 소유가 부담이 되기도 한다. 21세기를 사는 많은 이들에게 집은 그저 생존에 필요한 요건을 갖추면 되는 '기본'적인 공간 그 이하도 이상도 아니다.

공간의 기본적인 개념이 바뀌면 그 속에서 이루어지는 행위도 함께 변화한다. 21세기에 들어서서 재택근무가 활성화되는 이유는 근본적으로 사무실이 필요 없어졌기 때문이다. 기업주들에게 이윤 추구는 당연한 목적이다. 이를 위해 '사무실'이라는 장소가 필요 없다면 당연히 제거한다. 장소를 유지하는 비용을 다른 곳에 투자하는 것이 합당하기 때문이다.

사무실이 사라지면서 많은 이들이 자신의 거주지나 혹은 다른 장소에 업무 공간을 마련하고 있지만 구체적으로 어떤 요소를 고려해야 하는지 제대로 알려진 바가 없다. 공간의 가치가 새로워짐에 따라 보이지 않는 경계가 허물어졌다가 새로 세워졌다가 하며 격변을 일으키고 있는 중이다. 이를 제대로 인지하고 대비하지 않으면 공간의 역할이 제멋대로 섞이면서 혼란을 가져와 결국 업무 효율도 떨어지며 결과적으로 삶의 질도 하락하게 된다.

유연근무제의 한 형태인 재택근무

　　꼭 COVID-19 때문이 아니더라도 근무 형태는 변화를 거듭해 왔다. 최근 가장 눈에 띄는 것은 공간의 개념이 달라짐에 따라 도입된 유연근무제의 활성화인데, 재택근무도 여기에 속한다.

　　유연근무란 획일화된 업무 환경에서 벗어난 모습을 말하며 시차 출퇴근제, 선택근무제, 재량근무제, 원격근무제, 재택근무제 등이 있다. 업무를 보는 장소와 시간을 선택하고 조정 및 조절할 수 있게 하여 기업이나 근로자나 서로에게 도움이 되게 하려는 목적을 가지고 있다.

　　시차 출퇴근제는 주 5일, 1일 8시간, 주당 40시간 근무만 준수하면 출퇴근 시간을 알아서 조절할 수 있고, 선택근무제는 1일 8시간 근무를 따르지 않고 주 40시간 범위 내에서 1일 근무 시간을 자율적으로 선택할 수 있다.

재량근무제는 가장 현실성이 없어 보인다. 업무 수행 방법을 근로자의 재량에 따라 결정하고 사용자와 근로자가 합의한 시간을 근로시간으로 보는 방법이다. 물론 효율적일 수도 있겠으나 악용하려고 마음먹으면 부당하게 고용된 누군가의 편의를 봐주기에 딱 좋은 유형이다.

재택근무제는 근로자가 사업장이 아닌 자신이 선택한 공간에서 업무를 보는 형태를 말한다.

기존에는 대부분의 사람들이 세부 사항을 따지지 않고 일단 집에서 일을 하면 재택근무라고 불렀다. 물론 거주지만을 한정하며 무분별하게 적용되었던 것은 아니다. 가내수공업이나 1인 기업 체재에 속한 이들은 업무 형태를 '재택'으로 여기기는 했어도 스스로 재택근무자로 여기지는 않았다.

'근무'라는 단어 자체에 특정 단체에 속하여 상호작용을 한다는 의미가 포함되어 있다. 업종마다 약간의 차이는 있을 수 있지만 통상적으로 근무라고 부르려면 주 1일 이상의 근무 실태가 확인될 수 있어야 한다. 재택근무라고 해도 반드시 실제 사업장으로 출근하여 상급자 및 동료들과 업무에 관한 보고를 전달하고 나누는 시간이 있어야 한다. 간혹 재택근무를 완전한 자유 근무로 오해하고 회사 출근 여부에 전혀 신경을 쓰지 않아도 된다고 여기는 경우가 있는데 이는 잘못된 생각이다.

이전의 근로 형태에서는 질병에 걸리거나 몸을 다쳐 출퇴근이 물리적으로 불가능할 경우나 기타 다른 사정에 의해 사업자와 협의가 가능할 때만 근무하는 공간을 집으로 변경할 수 있었다. 재택근무를 사업장으로 출근해서 업무를 보는 것의 보조 수단 정도로 여겼던 셈이다. 그뿐 아니라 사무실에서 업무를 보다가 다 끝내지 못하면 당연히 집으로 가져가서 마저 처리하기도 했고 이런 모습은 부당하다기보다는 열심히 일하는 직원의 미덕으로 여겨졌다. 물론 시간 외 근무 수당이나 야근 수당 등의 개념이 아예 없던 시절이다.

이런 과거의 재택근무 모습과 21세기의 재택근무가 다르다면 어떤 부분을 꼽을 수 있을까? 조건들은 상황에 맞게 적용되는 법이고 수정과 변형을 거친다. 더 이상 기존의 개념이 허용되지 않는다면 그럴 만한 명확한 이유가 있어야 한다.

21세기에 들어와 나타난 획기적인 변화는 근무에 있어서 필수 요인이라고 여겼던 '실제 사업장으로의 출근 및 확인' 절차가 꼭 대면으로 이루어질 필요가 없어졌다는 점이다.

재택근무가 활성화될 수 있었던 이유는 업무를 하는 장소가 딱히 사업장일 필요가 없을 정도로 기술이 발전했기 때문이다. 업무 시스템에 로그인과 로그아웃한 시간이 기록되기 때문에 굳이 업무 시간을 증명할 필요가 없고 온라인으로 바로 업무의 협업과 공유가 가능하기에 딱히 업무를 하고 있는지 아닌지 체크할 필요도 없다. 이 모든 것이 가능하기 위해서는 정보통신기기의 활용이 필수다.

재택근무는 Telecommuting(재택근무) 또는 Remote work(원격근무)라고 부른다. 여기에는 시간과 장소의 제약을 받지 않는다는 의미가 포함되어 있다. 먼저 재택근무가 활성화된 국가에서 사용되는 신조어인 WFH나 WFA는 이러한 변화를 잘 반영하고 있다.

WFH는 Working From Home, WFA는 Working From Anywhere를 말한다. 둘 다 거주지가 아닌 다른 곳에서 업무를 하는 새로운 형태를 말한다. 'anywhere'라는 단어는 특히나 '어느 곳이든 상관없다'는 의미를 담고 있다. 특정 조건을 갖춘 장소를 지정하는 의미였다면 'any'가 아니라 'some'을 사용하여 'somewhere'라는 단어를 썼어야 한다.

앞서 이야기한 마스크를 만들던 지인이나 반찬가게 사장님을 재택근무자로 볼 수 없는 이유가 여기에 있다. 고객들과의 소통에서 정보통신기기를 활용할 수도 있겠지만 사업주와 근로자의 상호작용이라는 개념을 적용할 수 없으며 주당 근로 시간이나 급여도 원하는 만큼 변동이 가능하다. 기술의 발전이나 온라인 협업 등의 필요성도 요구되지 않으며 업무 공간이 개인적인 공간과 겹치는 탓에 업무 공간의 자율성이 보장되어 있지 않다. 무엇보다 사업장에 출근해야만 업무가 이루어지는 형태다.

업무의 성격상 꼭 사업장에 나가야만 일이 이루어진다면 재택은 불가능하다. 왜 우리 회사는 재택을 하지 않는가라는 불평을 하기에 앞서 업무의 성격과 조건을 검토해 볼 필요가 있다.

직종에 따라 재택이 쉽고 효율적인 경우가 있다. 공간이 주는 느낌은 사람마다 다르게 해석되기 때문에 특히 직업상 창조적인 아이디어나 영감이 필요한 사람들은 자신만의 스타일을 살릴 수 있는 장소가 반드시 필요하다. 긴장되고 불편한 곳에서 능력을 발휘하는 사람도 있지만 대부분의 사람들은 익숙하고 편안한 분위기에서 자신의 장점과 능력을 극대화한다. 이런 사람이라면 재택근무나 자신이 좋아하는 장소에서 일하는 원격근무가 매우 적당하다.

재택근무에 대한
오해

　　CS 강의와 기업 상담사 일을 동시에 하면
재택근무에 대한 의견을 상당히 많이 접하게 된다. 안타깝게도 많은
근로자들이 아직은 재택근무에 대한 제대로 된 이해가 부족한 실정
이다. 물론 사업주들도 잘못 이해하고 있는 부분이 상당히 많긴 하지
만 장기적으로 보면 이윤을 추구한다는 목표가 분명한 사업주들은
어떻게든 잘못된 방식을 수정하려고 들고 반드시 해결책을 찾는다.
반면 근로자들은 재택근무에 대해 왜곡된 정보들만 접하며 극심한
스트레스에 시달리다가 급기야는 일터에서 튕겨져 나가기까지 한다.
　재택근무를 마치 업무 위에 일상의 휴식을 더할 수 있는 환상적인
근무 형태로 보는 이들이 상당히 많다. 대부분 재택근무를 체험해 보
지 않은 사람들이며 재택이 불가능한 직종에 근무하는 이들이다. 단

언하건대 집에 거주하며 업무를 한다고 꼭 좋은 것은 아니다. 오히려 독이 될 수도 있다.

　실제로 재택근무를 근로자를 해고하기 위한 중간 단계로 설정해 놓은 교묘한 기업들도 있다. 회사 측에서 뜬금없이 무리하게 재택근무를 강요한다면 평소보다 신경을 곤두세우고 변화를 경계해야 한다. 업무의 양과 질, 근로자로서의 계약 사항이 이행되고 있는지 제대로 파악할 수 없다는 점을 이용하여 해고의 구실을 잡으려는 다분히 악의적인 의도가 숨겨져 있을 수도 있기 때문이다. 이를 눈치채지 못하고 재택근무라고 풀어지거나 해이해지는 모습을 보인다면 기업주가 쳐 놓은 덫에 스스로 걸어 들어가는 셈이 된다.

　무엇보다 재택이라고 해서 집이라는 단어가 주는 포근함과 안락함을 업무와 완벽하게 융합할 수 있을 것이라는 기대부터 버려야 한다. 재택근무는 결코 누군가의 편의를 봐주기 위한 제도가 아니다.

　재택근무에 대해 잘못 이해한 근로자들의 대부분은 집에서 일하게 두었으면서 왜 자꾸 회사에 나오라고 하는지 모르겠다는 불평을 한다. 집에서 일한다는 말 자체에 어느 정도 편안하게 풀어진 상태로 지내도 된다는 암묵적인 동의가 있다고 믿고 업무 여부를 체크하는 모습에 배신감을 느낀다. 열심히 일을 하고 있음을 알릴 생각은 하지 않으면서 그저 사업주가 직원이 놀고 있을까 봐 의심스러워한다고 원망한다.

　사업주가 감시자가 되어 직원을 옥죄는 느낌을 주거나 뭔가 큰 특혜라도 베푼 것처럼 군다면 분명 잘못이겠지만 재택근무자라도 주기적으로 회사에 출근하여 업무 보고를 하는 것은 기본이다. 정말로 사업주가 편집증에 걸린 감시자처럼 체크하려 든다면 건의하여 바로잡아야겠지만 그렇게 되기 전에 스스로 얼마만큼의 업무를 어떻게 수행하고 있는지 사업주가 알도록 하는 것도 필요하다.

물론 사업주들의 경우도 마찬가지다. 집에서 일하게 '봐줬으면' 고마워할 줄 알아야 하는데 편의를 봐주는 고마움을 모른다고 불평한다. 실적도 딱히 오르지 않고 업무 성과도 미미하며 재택근무랍시고 실컷 놀며 월급을 받아 가는 것 같다며 분노한다.

그러나 집에서 편하게 일하게 했으면 반드시 성과를 내고 실적을 올려야 한다는 말은 반대로 회사에서 불편하게 일하면 성과와 실적은 형편없어도 괜찮다는 말도 된다. 직원이나 사업주나 할 것 없이 재택근무의 오류는 서로가 서로를 '봐주었다'고 생각하기 때문에 생긴다. 사업주는 마치 직원을 배려하여 뭔가를 해 주었다는 태도를 보이고 직원은 사업주가 사무실을 유지하는 비용을 아끼기 위해 집으로 보냈으니 그만큼 보상을 받으려고 든다.

재택근무의 시행은 철저한 계약에 의한 사업자와 근로자의 상호 동의를 바탕으로 시작되어야 한다. 누가 누구를 봐주거나 애매한 태도로 대충 짐작하며 시작해서는 안 된다. 소소하게 시작된 갈등이 깊어지면 돌이킬 수 없는 파란을 몰고 온다.

앞서 말한 사례가 수정되지 않는다면 고용인들은 사업주가 계속 간섭한다고 불평할 것이고 사업주들은 고용인들이 감사해하지 않는다고 계속해서 불만을 가질 것이다. 기업의 발전과 업무의 효율을 위해 시작되었을 재택근무는 그렇게 산으로 가다가 낭떠러지로 추락할 것이며 사업은 폭망의 길을 걷게 될 게 뻔하다.

누가 그런 결과를 원하고 시작하겠는가. 처음부터 정확하게 이해하고 가야 하는 이유다.

'집에서 하는 일'로 오해받는 재택근무는 결코 일상에 덤으로 얹어지는 옵션이 아니다. 준비가 필요하다. '구성원들의 협조' 같은 추상적이고 감상적인 항목뿐만 아니라 '근무 환경의 준비'와 '장비 세팅', '시간 배분', '공간의 분리'와 같은 구체적이고 물리적인 항목도 반드시 포함된다.

스트레스를 잘 다루는 노련한 사람이라 해도 특히나 재택근무 초기에는 새로운 환경에 적응하는 스트레스에 힘겨울 수 있다. 개인 컴퓨터나 노트북으로 업무를 보는 이들이 많은 요즘이지만 회사 안에서 운영하는 서버에 프로그램 파일이나 자료가 있는 경우라면 개인 컴퓨터를 쓰는 것이 금지될 수도 있다.

새로운 기기를 개인이 마련해야 하는 경우라면 부담이 되는 것은 당연하고 회사로부터 지원을 받을 수 있다 해도 새 기기에 적응하고 개인 컴퓨터와 연동시키는 것은 피곤한 일이다. 평소에는 별생각 없이 사용하던 회사 내에 비치된 기자재를 사용할 수 없어 곤란해지는 경우는 생각보다 자주 생긴다.

자신의 일을 사랑하고 의욕이 넘쳐 밤낮없이 열심히 일하는 스타일을 가진 직원은 재택근무 시 업무의 한계를 짓지 못해 건강하던 삶을 망치기도 한다.

일상과 업무가 분리되지 않으면 휴식이 사라진다. 재택근무라고 해서 휴식이 당연히 보장되는 것이 아니다. 오히려 일상이 업무에 지배당해 버리는 결과를 낳을 수도 있다. 업무는 정해진 노동에 대해 금전적·물질적 보상을 받는 계약이 기반이 된다. 아무리 일이 좋아도 시간 외 수당을 보장받을 수 없는 재택근무에서 모든 시간을 업무에 쓸어 넣는 것은 여러모로 비효율적이다. 정당한 노동의 대가를 기대할 수 없을 뿐 아니라 지친 상태가 오래되면 업무의 효율도 떨어진다. 직업을 가지고 생계를 유지해 나가는 생활 속에는 업무와 동시에 휴식도 당연한 조건으로 구성되어야 하며 재택근무자는 일에 대한 애정도에 상관없이 이를 스스로 조절하고 통제할 준비가 되어 있어야 한다.

업무와 휴식이 분리되지 않는 생활을 하다 보면 낮은 강도의 피로도 고강도로 느끼게 된다. 휴식과 업무의 리듬이 깨지면서 더 이상 아무 일도 할 수 없는 상태인 번아웃을 비롯한 여러 가지 심리 장애를 겪을 수 있다. 일하는 틈틈이 짬을 내어 쉬면 된다는 생각은 매우 위험하다. 휴식을 위해서는 일단 업무 공간에서 몸과 마음이 빠져나와야 하고 완벽하게 분리되어야 한다.

집은 잡다한 쉼의 유혹뿐만 아니라 생활을 위한 일거리들을 해결하고픈 유혹이 산재해 있는 곳이다. 어쩔 수 없이 재택근무를 하는 이들 중에는 이런 유혹을 피해 데일리 오피스나 카페 등의 다른 공간을 찾아가는 이들도 있다. 재택근무라는 말은 원격근무의 개념을 포함하므로 장소를 집으로 한정하는 것이 아니라 어디서든 내게 맞는 장소에서 업무에 집중하겠다는 기본 개념이 들어 있다.

재택근무를 한다고 하면 출퇴근에 대한 부담도 없고 복장에 대한 제약이나 점심 식사비 지출 등에 신경 쓰지 않을 수 있어 기본적으로 편할 것이라는 편견을 안게 된다. 그러나 딱 거기까지다. 업무 자체로 본다면 늘 하던 일의 성격이 변하거나 스트레스 강도가 줄어들 리가 없다.

기본적으로 개인 공간에 고립되는 점도 경우에 따라 심각한 문제를 야기할 수 있다. 온라인 공간에서의 소통은 매우 제한적이므로 업무상 트러블이 생기거나 오류가 생겼을 때 빠른 시간 안에 해결하는 것이 어렵다. 모두가 고립된 상태에서 오해나 다툼이 생기면 자연스럽게 해결할 방법이 없다. 대면 상태라면 서로의 표정이나 상황을 보고 접근하거나 물러서는 상황을 제때 파악할 수 있지만 온라인 공간은 이것이 전혀 불가능하므로 호미로 막을 수 있었던 상황을 가래로도 막지 못하는 불상사가 생길 수 있다.

디테일의 힘은 늘 생각보다 강하다. 가랑비에 옷이 흠뻑 젖는 것과 마찬가지로 사소하게 성가신 조건들이 모여 재택근무를 커다란 스트레스 덩어리로 만들 수 있다.

재택근무의
효과

    재택근무를 동경하는 이들은 대부분 출퇴근 과정이 고된 경우가 많다. 러시아워 시간대에 막히는 길을 차를 몰고 가거나 붐비는 대중교통에 시달리며 출근하고 나면 업무를 시작도 하기 전에 체력과 정신력을 왕창 소모하게 된다. 재택근무를 한다는 말은 이런 힘든 시간의 삭제를 의미하므로 상상만으로도 삶의 질이 확 높아질 것만 같다.

    그러나 출퇴근 과정은 정도의 차이가 있을 뿐 직장을 가진 거의 모든 이들에게 해당된다. 회사와 거주지는 본인이 선택하고 설정한 환경이므로 딱히 대놓고 불평하기도 힘들다. 이런 말 못 할 억울함 때문에 재택근무에 대해 더 큰 환상을 갖는 이들이 많다. 출퇴근 과정에 대한 힘듦을 바닥에 숨겨 두려면 뭔가 재택근무에 대한 확실한 또 다른 이점이 있어야 하기에 이런 마음이 더욱 재택근무에 대한 왜곡된 환상을 키운다.

재택근무를 원한다고 노래를 부르는 직장인들 중에는 재택근무 시 집처럼 편안한 환경을 가질 수 있음은 물론이고 업무를 자신이 원하는 방식으로 처리할 수 있다고 믿는 이들이 많다. 이들은 어디서 들어봄 직한 해외 대기업들이 재택근무를 도입함으로써 성공했다는 이야기를 애매하게 들먹이며 선진국의 선진 기업들이 따르는 방식이므로 당연히 효율적이고 누구에게나 매우 이로울 것이라는 주장을 편다.

그러나 재택근무의 성공 여부는 간단하게 이분법으로 평가될 수 있는 것이 아니며 해외의 선진 기업들이라고 모두 재택근무를 찬성하는 것도 아니다. 이전부터 재택근무를 시행해 온 여러 다른 국가들은 재택근무를 시행하기에 앞서 많은 연구와 실험을 거쳤다. 실제로 Google, Netflix, Facebook, Yahoo 등에서 실험적인 재택근무를 시행한 뒤 구체적인 장단점에 대한 평가를 내놓았고 인지도가 높은 굵직한 대기업인 만큼 영향력도 컸다. Fujitsu와 Twitter 같은 대기업은 COVID-19 대유행이 지나간 후에도 재택근무 시스템을 유지하겠다고 공언한 바 있다.

이와 같이 성공한 사례가 더 부각되기는 하지만 무작정 따라 하다가 많은 오류를 겪고 이전 시스템으로 회귀한 경우도 상당히 많다. 재택근무를 좋거나 나쁘다는 이분법으로 평가할 수 없음이 날이 갈수록 분명해지고 있는 실정이며 지금 이 순간에도 많은 기업들에 의해 보완과 평가가 이루어지는 중이다.

재택근무에 대한 여러 실험 중에서 스탠퍼드 대학의 경제학과 교수 Nicholas Bloom이 2013년부터 2015년까지 진행한 연구는 긍정적인 결과와 실제적인 근거 자료로 유명하다. 실제 기업을 대상으로 하였기에 재택근무에 대한 많은 실제적인 면을 객관적으로 제시했다.

실험 대상이 된 기업은 1999년에 설립된 중국 상하이에 있는 Trip.com 여행사(일명 Ctrip)로, CEO인 James Liang은 2011년에 스탠퍼드 대학에서 박사 학위를 취득했다. 그는 Bloom 교수에게 상하이의 엄청난 부동산 비용과 그 속에서 사무실을 유지해야 하는 고충을 토로하며 재택근무에 대한 조언을 구했고 여기에서 아이디어를 얻은 Bloom 교수는 Ctrip의 콜센터 직원들을 대상으로 재택근무와 사무실 근무를 비교하는 실험을 9개월간 진행했다.

1,000여 명의 지원자는 태어난 날짜로 구분되어 두 팀으로 나누어졌고 일주일에 4일은 재택으로 집에서 근무하고 나머지 하루는 출근하여 업무를 보았다.

Bloom 교수는 실험에 참가한 직원들을 지속적으로 인터뷰했는데 이 과정에서 한 직원은 옆 칸막이 너머에 앉은 동료가 손톱 손질을 하는 모습을 볼 정도로 여유가 생겼음을 전했다. 이는 콜센터 업무의 특성상 정신없고 바쁘게 돌아갈 수밖에 없는 생활에 어느 정도 여유가 생겼음을 단적으로 보여 준다.

사무실에서의 각종 비용을 절약한 만큼 업무 실적과 효율성은 낮아질 것이라고 예측했던 Bloom 교수팀은 실험이 끝난 후 50% 낮아진 퇴사율은 물론 13.5%나 성장한 실적에 놀라움을 감추지 못했고 실험이 끝난 후 CEO Liang은 재택근무 정책을 지속적으로 시행하기로 결정했다.

Bloom 교수의 연구는 이후 수많은 재택근무 연구에 필수적인 검토 자료가 되었다. 이윤 창출과 높은 업무 효율이라는 기업의 목표로 볼 때 분명 재택근무의 긍정적인 면에 기여했으나 세부 요인에 대해 더 많은 후속 연구를 이끌어 냈다는 점에서 더 큰 가치가 있었다. 후속 연구가 이어지면서 여러 가지 복잡하고 고려하기에 까다로운 변수들이 더 확연히 많이 드러나기 시작했기 때문이다.

Bloom 교수는 재택근무가 정책적으로 시행된 이후에도 연구 참가자들과 지속적으로 인터뷰를 이어 갔는데 직원들의 절반이 재택근무 기간이 길어짐에 따라 고립감에 힘겨워한다는 다소 의외의 결과를 내놓았다. 더 의외인 것은 나머지 절반은 이전보다 높아진 만족 상태로 20% 이상의 진전된 업무 성과를 보였다는 점이다. 이로 인하여 재택근무의 효율성을 좋다 나쁘다의 이분법으로 이야기하기보다는 고립감을 느끼는 정도에 대한 개인의 특성이라든가 환경적·심리적 요인 및 재택근무 기간에 대한 좀 더 심층적이고 자세한 요인이 분석되어야 하는 이유가 분명해졌다.

영국에 있는 런던 경영대하원에서 미래학을 연구하는 Lynda Gratton 교수는 Bloom 교수의 연구에서 신중하게 고려되었어야 할 세부 사항으로 다음과 같은 부분들을 들었다.

실험 참가자들은 세 가지 필요조건을 갖추어야 했다. 우선은 집에 돌볼 아이가 없어야 했고, 업무 공간은 반드시 침실이 아닌 다른 공간으로 세팅되어야 했으며, 안정적으로 설정된 광역 온라인 장비가 마련되어 있어야 했다.

실제로 Bloom 교수팀이 13.5%에 이르는 생산성 향상의 요인을 분석한 결과 이는 출퇴근 시간이 사라진 점과 점심시간이 줄어든 것 그리고 병가를 내고 쉰 직원들이 줄어든 덕분이었다. 또 다른 요인 분석 결과 1/3은 동료들과 잡담을 하거나 잡다한 집안일의 유혹을 받지 않는 조용한 환경 덕분이었고 나머지 2/3 정도는 좀 더 일할 수 있는 환경을 구성할 수 있었기 때문이었다.

출퇴근 시간이 없었기에 이른 시간에 일을 시작할 수 있었고 점심시간이 줄어든 만큼 업무 시간이 길어졌으며 전체적으로 휴식 시간도 줄어들었다. 결국 늘어난 업무 시간만큼 일을 더 했기에 실적이 높게 나온 이유도 있는 셈이다.

Gratton 교수는 Bloom 교수의 연구에 대해 업무 내용 자체가 콜센터에서 이루어지는 일이며 일하는 이들도 주어진 정보를 처리하는 업무를 담당한 이들(knowledge workers)로 한정되었기에 효율적인 결과를 내기가 쉬웠을 것이라면서 그동안 이런 종류의 업무에 대해 비교할 만한 제대로 된 자료가 없었음을 지적했다.

비교 자료가 부족한 만큼 업무의 효율성을 파악하고 평가할 자료도 미흡할 수밖에 없다. 또한 매일 반복적인 일을 수행하는 이들이라고 해도 그 업무의 반복되는 정도나 실제 이루어진 업무의 양을 측정할 근거가 취약하다. 단순히 실적이 13.5% 오른 것으로 재택근무에 대해 긍정적인 평가를 내리기가 힘든 이유다.

Gratton 교수는 COVID-19 유행을 맞이하여 많은 기업 간부들과 함께 일하고 연구해 온 자신의 경험에 비추어 볼 때 정보를 다루고 처리하는 업무를 하는 이들이 COVID-19 대유행 시대를 보내며 재택근무를 통해 업무 성과를 더 내고 있음은 확실히 인정하지만, 이러한 세부사항을 무시하고 재택근무를 평가할 수는 없음을 분명히 했다.

재택근무가 어떤 업종에서 효과가 있는지를 연구한 학자도 있다. 2012년 오하이오 대학의 Glenn Dutcher 교수팀은 덜 체계적(less-structured)이고 자유로운 환경에서 사람들이 과연 효율적인 업무를 하는지 알아보기 위해 실험을 진행했다.

이 연구에 참가한 인원은 125명으로 두 팀으로 나뉘어 업무를 부여받았는데, 63명은 사무실(in the lab)에서 나머지 62명은 외부 환경(outside in the lab)에서 근무하도록 배치되었다. 52%가 남성 근로자였고 전체 그룹의 평균 나이는 21세였다.

실험 결과 타자를 친다거나 자료를 분류하는 등의 단순한 업무의 효율성은 재택근무와 같이 자유로운 환경에서는 10% 안팎으로 효율성이 떨어진 반면 창의력이 발휘되는 일은 같은 환경에서 10% 이상의 성과를 보였다.

Glenn Dutcher 교수는 결과를 통해 자유로운 환경(outside in the lab)은 지루하고 반복적인 일을 하는 데 있어서는 별로 효과적이지 않다는 것과 단순반복적인 지루한 업무(dull task)는 획일적으로 구성된 환경(cubicle setting)에서 효율성이 높다는 결론을 내렸다.

재택근무의 효과는 이처럼 단순하게 이분법으로 이야기하기가 불가능하다. 재택근무를 선택하기에 앞서 고려해야 할 점은 단정적이고 흑백을 가리는 논쟁이 아닌 업무의 성격과 여건을 검토하는 자세다.

실제로 재택근무를 잘 해내는 이들에 대한 연구가 많아지고 있는데 이때마다 들먹거려지는 자료로 2020년 4월 영국의 《가디언 (Guardian)》지에 기고된 Robert Reich 교수의 칼럼이 있다. 그는 빌 클린턴 대통령(1993~2001 재임) 시절 노동부 장관이었고 현재는 버클리 대학의 교수로 재직하며 정치가이자 경제학자로 활동하고 있다.

그는 칼럼에서 COVID-19으로 인해 사회 불평등이 심해지고 있음을 경고하며 현대 사회에 등장한 새로운 4개의 계급에 대해 이야기했다.

그의 분류에 따르면 가장 상위에 있는 이들은 원격근무자들(The Remotes)이다. 이들은 COVID-19 대유행에 상관없이 직업을 유지하고 있고 전문성과 경영 능력이 있으며 정보통신기기의 활용 능력도 충분히 갖추고 있다(professional, managerial, and technical workers). 또한 컴퓨터를 사용하여 회의에 참가하고 전자 문서를 다루는 등의 능력이 출중하며 전체 노동자의 35%를 차지한다. Reich 교수는 이들을 위기를 수월하게 넘길 수 있는 계층이라고 표현했다.

나머지 3개의 계층은 소방관, 간호사, 배송 업무를 하는 기사 등 사회 활동에 있어 필수적인 업무를 하는 필수직업군 종사자들(The Essentials)과 COVID-19 대유행으로 인해 직업을 잃거나 무급 휴직에 들어간 이들(The Unpaid) 그리고 노숙인이나 감옥에 있는 죄수 등을 포함하는 잊혀진 이들(The Forgotten)이다.

Reich 교수는 첫 번째 계층을 제외한 나머지 3개의 계층은 가난한 이들이 대부분이며 인종적으로도 흑인과 라틴계의 사람들이라고 지적하면서 불평등한 현실을 극복하는 정책을 적극적으로 펼 것을 강하게 주장했다.

재택이 가능한 전문직을 꿈꾸는 이들이라면 누구나 Reich 교수가 에로 든 첫 번째 계층에 속하고 싶을 것이다. 그러나 집에서 일하는 단순 '재택'과 적당히 하는 '근무'가 가능했던 20세기의 직장인이 기술의 발전에 힘입어 자연스럽게 21세기의 재택근무자가 되는 것이 아니다. 현대의 재택근무를 성공적으로 해내는 기술을 갖는 것은 결코 단순한 일이 아니며 직업의 종류나 각자가 처한 역량에 따라 노력 여부도 천차만별일 수 있다.

분명한 것은 위기를 기회로 삼으려면 변화를 냉정하게 읽고 잘 따라가려는 마음이 있어야 한다는 점이다. 과연 COVID-19 대유행이 지나간 후에 또 다른 위기는 없을 것인가? 시대가 바뀌어 가고 있는데 더 이상 기존의 개념에 맞춘 직업 프레임으로 미래를 재단해서는 안 된다. 어떤 위기가 오더라도 안전할 수 있는 곳을 찾아서 최대한 가까이 가도록 역량을 최대로 높이려는 자세가 필요하다.

온라인 공간에서의 정보 공유

— 완전 개방 vs 선택적 개방

재택근무든 대면 업무든 사람들은 정보를 받아들이고 분석하며 해결책을 도출하는 것을 업무의 기반으로 삼는다. 업무를 진행함에 있어 정보의 교류는 필수인데 재택근무 시에는 정보 교류의 장이 온라인 공간으로 한정된다.

정보의 교류를 소통 그 자체라고 여기는 직원들은 특정 정보가 공유되지 않았을 때 마음의 상처를 입는다. 다른 사람들은 다 알고 있고 나만 모르고 있었던 경우라면 더더욱 그렇고 온라인의 특성상 고립감과 서운함은 배가 된다.

그러나 과연 정보의 완전한 공개가 소통과 효율에 도움이 될까? 아는 것이 힘일까, 모르는 것이 약일까? 사적인 스캔들이나 회사 내부 소문 등의 흥미 위주 정보가 아니라 업무에 관련된 정보로 한정할 때 온라인상에서의 '정보 교류'가 개방적일 때와 선택적일 때의 효과를 비교하고 검토해 볼 필요가 있다.

온라인처럼 제한된 공간에서 정보가 전체를 개방하는 교류로 이루어질 때와 선별 과정을 거쳐 선택적으로 이루어질 때의 업무 효율에 미치는 영향을 실험한 의미 있는 연구가 있다.

2015년 10월에 보스턴 경영대학원의 교수이자 소통 전문가인 Jesse Shore와 하버드 경영대학의 교수이자 리더십과 조직적 행동을 연구하는 Ethan Bernstein, 그리고 노스이스턴 대학의 교수이며 정치학과 컴퓨터 정보 과학을 연구하는 David Lazer는 협업의 이득을 비롯하여 상당히 높은 수준의 연결 관계를 가진 사람들이 정보와 아이디어의 클러스터링(clustering : 관련된 자료를 기준에 따라 분류하는 활동)에 있어 어떻게 반응하는가를 연구했다.

이 실험은 조직 내에서 협업을 하는 조직원들이 정보를 접했을 때 이를 다른 조직원들과 공유하는 방식에 중점을 두고, 그렇게 습득한 정보를 가지고 결론을 내는 데 있어 어떤 반응을 보이는지를 알아내고자 했다.

실제로 회사든 사적인 모임이든 간에 사람들이 모여서 형성된 무리에는 어떤 종류든 정보가 유통되기 마련이다. 온라인 공간에서의 정보는 때로는 전체 공지 등을 통해 조직원 모두에게 알려지기도 하고 또는 선택된 몇몇 사람에게만 알려지는 경우도 있다. 구체적이고 실용적인 최선의 해결책을 도출한다는 최종 목표를 정해 놓고 본다면 정보의 공유는 어떤 방식이 더 유용할까?

Jesse Shore 교수팀은 400명 정도의 사람을 나누어 소집단으로 만든 후 대략 16명씩 구성원을 배치했다. 각각의 집단은 미국 국방부 연구팀이 제시한 가상의 자료를 가지고 정보 공유를 통해 추리하고 결론을 내는 게임(Whodunit)을 실행했는데, 가상의 테러가 일어남을 가정하고 누가 어떤 식으로 어떻게 어떤 장소를 고르는지를 주어진 정보들을 통해 알아내는 방식이었다.

정보는 모두 똑같았으나 조직원들끼리 주고받는 방법이 제한되었다. 말 그대로 전체 공지를 띄워 모두가 알게 하도록 한 그룹이 있었고 선택된 몇몇 사람에게만 정보를 주고 그들이 각각 필요하다고 생각한 만큼만 타인에게 전달한 그룹이 있었다.

결과를 놓고 보면 일단 정보의 전달 속도에서 차이가 극명했다. 전자는 빠른 속도로 정보가 공유될 수 있었지만 후자의 경우에는 모두가 정보를 갖게 되기까지 많은 시간이 걸렸다. 활동 과정 중에는 대부분 수월하게 정보를 분석하고 공유하고 교류하는 모습을 보였으나 마지막 단계에 이르러 통합된 해결책을 내놓는 부분에서는 두 집단의 차이가 분명히 드러났다.

Jesse Shore 교수팀은 이를 토대로 클러스터링이 정보 공간을 통한 탐구를 증진시키기는 하지만 해결 공간을 통한 탐구는 억제한다는 결과를 내놓았다.

우선 모든 조직원들이 정보를 볼 수 있었던 그룹은 정보를 습득하고 모으는 연결의 힘이 컸다. 게임에서의 목표였던 '테러 발생 방지'를 위한 단서는 빠르게 많이 모을 수 있었다. 그러나 그 모든 단서들을 취합하여 하나의 해결책으로 만드는 과정에서는 혼란스러운 모습을 보였다. 그들이 내놓은 해결책은 매우 일반적이었고 정보에 대한 깊은 이해나 검토가 이루어지지 않았기에 창의적이고 혁신적인 결론과 상당히 동떨어져 있었다.

그러나 정보의 공유가 선택된 이들에게만 허용된 그룹은 달랐다. 정보 수집 과정은 많은 시간이 걸렸고 모든 정보를 다 공유하게 되지도 않았다. 처음 정보를 받은 이들은 자신이 중요하다고 생각하는 정보에 더 중점을 두려고 했고 이것이 누구에게 더 필요한 정보인가를 고려하는 과정을 거쳤다. 정보를 받을 대상을 선별하는 필터링 (filtering)을 거친 것이다. 또한 새로운 정보의 유입이 빨리 이루어지지 않았기에 해결책을 위한 정보 분석의 시간을 충분히 확보할 수 있었고, 개개인의 수준에서 어느 정도 맞는다고 여겨지는 해결책의 방향이 생성된 상태에서 다른 조직원들과의 교류가 있었기에 창의적인 해결책 도출을 시도할 수 있었다.

Jesse Shore는 이들의 차이에 대해 조직 내에서 다른 이들이 하는 작업을 지켜보게 되면 이를 지켜본 이는 그 일을 다시 검토 (reproduce)하려고 들지 않게 되는 것이 일반적인 반응이라고 했다. 정보를 모두가 공유하게 되면 타인이 집중해서 선택하는 정보가 어떤 것인지 알 수 없고 본인이 어떤 정보에 더 집중해야 하는지도 알 수 없다. 주로 일반적인 중요도를 가진 정보에만 눈길이 가게 되는데 누군가 이미 그런 정보로 작업하고 있는 모습을 보게 되면 자신은 다른 작업을 선택하는 것이 더 효율적이라고 자연스럽게 여기게 된다.

업무를 위해서는 다른 부분에서 더 성과를 내도록 확장하는 것이 더 합리적이기 때문이다. 그러나 이 과정은 개별적으로 일어나고 토론이나 합의를 거치지 않는다. 따라서 모두가 똑같은 상황을 겪게 되는 오류가 있다.

또한 정보 전체를 공유한 이들은 그저 빨리 해결책을 찾으려 할 뿐 격렬하고 자유로운 토론을 하지 않았다. 심지어 조직 내에서 한 사람 혹은 그 이상의 가까운 동료가 특정 해결책을 선택 및 제시하면 기다렸다는 듯이 심사숙고를 거치지 않은 채 동조하기도 했다. 이를 두고 Jesse Shore 교수는 사회적 증거(사회적 증거 : 주변 사람들의 행동이나 태도가 자기 자신에게 끼치는 영향. 특정 상황에서 그에 알맞은 행동을 해야 할 때 자신의 기준보다는 가까이 있는 타인의 행동을 모방하는 무의식적인 마음)에 따른 현상으로 해석했다. 대부분의 사람들은 자신의 생각을 일단 접어 두고 타인의 생각을 들어 본 뒤 다들 이렇게 생각하니까 그게 맞겠거니 하고 성급한 결론을 짓는 데에 훨씬 익숙하다.

이 연구는 협업에 있어 정보의 차단과 선별적 교류가 훨씬 효율적이라는 극단적인 결론을 말하자는 것이 아니다. 그보다는 사람들 간의 얽힌 관계가 과연 어떤 부분을 중요시하는지를 중요하게 보는 관점에 무게를 둔다.

대화와 소통이 이루어져 온 모습은 전체 조직을 구성하는 긴밀한 부분들과 서로 엮여 있다. Jesse Shore 교수는 실험 결과를 묻는 인터뷰에서 협업을 위한 정보 교류에 있어 고려할 점은 얼마나 많은 시간이 들었는가, 얼마나 빨리 소통했는가 또는 몇 명이 협력했는가가 아니라 그러한 소통이 이루어지는 형태임을 분명히 했다. 그는 모두가 다 똑같은 해결책을 안정되게 느끼는 면을 각별히 주의해야 하며 개인이 각자 독창적인 소통 기술을 디자인하도록 노력해야 함을 강조했다. 빠른 해결책을 얻는 데 급급하여 적절하게 보이는 타인의 의견에 기대면 협업에 있어 효율과 발전은 요원해진다. 충분한 시간을 두고 이루어지는 자유로운 토론과 독창적인 의견 제시가 그 무엇보다도 중요하다.

재택근무에 있어 전문가들이 가장 우려를 나타내는 부분도 이와 같다. 재택근무는 대면 업무에서 나름 수월하게 이루어지던 정보의 공유와 소통을 생소하게 만든다. 대면 업무를 하다가 재택근무로 바뀌었다거나 또는 새로운 업무에서 재택근무 방식을 택하는 경우라면 사업주는 협업에 있어 정보의 교류 방식을 반드시 신경 써서 조정할 필요가 있다. 일단 정보의 무조건적인 전체 공유의 비효율성을 경계하며 전달되는 정보의 양과 속도를 검토하여 직원들의 업무 처리 시간을 배분할 수 있어야 한다. 또한 온라인과 같이 제한된 환경에서 적극적인 토론을 최대한 이끌어 낼 방안을 마련해야 하고 성급하고 빠한 결론 도출에 제동을 걸 장치도 필요하다.

협업을 하는 개인은 정보가 주어지면 이디까지가 내게 필요한 부분인지 정확하게 인지하는 과정이 필요하다. 타 구성원들에게 내가 이만큼의 정보를 가지고 이러한 작업을 하고 있음을 전달할 필요도 있다. 이때 주어진 정보를 선별(filtering)하는 기준은 주관적인 친분이나 흥미도가 아닌 순수하게 업무의 목적과 효율을 위한 것이어야 한다.

정보를 선별적으로 공유하는 것은 사적인 소외감이나 외로움을 야기하려는 의도가 아닌 업무의 효율을 위해 당연한 것이다. 혹 필수적인 정보인데도 공유되지 않았다면 이유를 냉정하게 고려하고 부당하다면 확실한 근거를 들어 해명을 요구함으로써 서로 간에 불필요한 오해가 없도록 투명하게 처리해야 한다.

온라인 소통의
문제점

세계적인 거대 기업 Netflix의 CEO인 Reed Hastings는 "그 어떤 긍정적인 면도 발견할 수 없었다."("I don't see any positives.")라며 자사 직원들의 재택근무 시스템에 대해 평가절하 발언을 한 것으로 유명하다.

그러나 선택적인 골라 쓰기와 자극적인 받아쓰기를 즐기는 대한민국 언론에 의해 확대 재생산되었을 뿐 실제로 Reed Hastings는 활발한 토론이 이루어지기 힘든 온라인 환경의 현실을 지적했을 뿐이다.

샌프란시스코의 Bay Area 지역에는 거대 기업인 Facebook, Twitter 등의 회사들이 있는데, 2020년 초기부터 COVID-19의 확산을 막기 위해 대부분이 반강제로 재택근무를 시행했다. Netflix도 2020년 3월에 직원의 COVID-19 양성반응 판정으로 인해 할리우드에 있던 사무실을 닫고 재택근무로 전환했다. 이후 Netflix의 CEO인 Hastings는 《WSJ(Wall Street Journal)》와의 인터뷰에서 재택근무가 아이디어 토론(debating ideas)에는 적합하지 않다는 부정적인 의견을 피력했다. 그러나 회사에 출근하지 않는데도 헌신적으로 일하는 직원들에게는 감사를 전하며 앞으로 많은 회사들이 주 4일 근무를 추진할 것이라는 전망과 함께 자신도 일주일에 하루 정도의 재택은 긍정적으로 보고 있다는 평가를 덧붙였다.

재택근무는 앞서도 말했듯이 모든 업무에 적합하지는 않으며 적합한 업종이라고 해도 일주일 내내 집에서만 근무하는 것을 최고의 환경으로 보지는 않는다. 실험 연구에서 재택근무의 성공적인 결과를 이끌어 냈던 스탠퍼드 대학의 Bloom 교수도 일주일에 하루는 반드시 회사에 출근하는 것으로 실험 환경을 조성했고 이는 팀의 화합과 인간적인 상호작용을 위해 필수적(vital)이라고 강조했다.

런던 경영대학원의 Gratton 교수도 재택근무에서의 가장 대표적인 문제점으로 사람과의 비대면 관계에서 오는 소통의 어려움을 들었다. Yahoo의 CEO인 Marissa Mayer가 2013년 재택근무를 철회하면서 쓴 메모의 내용 "가장 좋은 결정과 통찰은 우리가 오가는 복도와 구내식당에서 새로운 사람들을 만나고 즉석에서 회의를 하는 분위기에서 만들어진다"(Some of the best decisions and insights come from hallway and cafeteria discussions, meeting new people, and impromptu team meetings)와 같은 맥락으로 Gratton 역시 업무에서 중요한 것은 복도를 오가는 사람들과의 부대낌에서 오는 뜻밖의 재미이며 정책 결정에 있어 영향을 미치는 중요한 요소는 정규회의(meeting)가 아니라 복도(corridor)에서 나누는 잡담에서 나온다고 했다.

이러한 여러 분야의 전문가들이 이구동성으로 재택근무에 대해 우려하는 가장 큰 문제점은 실제로 동료들을 마주 보고 일을 할 수 없는 고립된 상황이다.

재택근무에서는 소통 공간이 온라인으로 한정되기 때문에 여러 가지 문제점이 생긴다. Gratton 교수는 재택근무의 효과가 입증되고 가능한 많은 기업에서 시행된다면 이는 곧 새로운 대규모 직업군의 모습으로 자리 잡을 것이라면서 여기에 속한 직장인들은 아마도 개인적으로 동료를 볼 기회를 전혀 갖지 못할 것이라고 했다. 하루 일과는 오로지 가상공간에서 아바타와 함께 생활하며 화상 프로그램을 사용하는 것으로 채워질 것이며 이는 상당히 위험 요소임을 지적했다.

업무를 수행함에 있어 동료와의 상호작용은 대단히 중요하고 여기에는 다툼과 갈등이 반드시 포함된다. 효율적이고 가치 있는 업무일수록 진행되는 과정 속에서의 불협화음은 필연적이다. 정반합(正反合)의 논리(헤겔의 변증법에서 나온 이론. '정'은 일반적으로 제시되는 문제가 있는 상태이며 이에 대해 모순되는 성질을 극복한 새로운 상태를 '반'이라고 한다. '합'은 여기에 대해 더 나은 상태로 가기 위해 버릴 것과 취할 것을 구분한 다음 상태로 해결된 모습을 나타낸다. '합'은 다시 '정'으로 바뀌며 다시 '반'이 등장한다. 이런 과정이 반복되면서 진리에 가까워진다.)에 따라 보더라도 발전의 과정은 늘 사람 사이의 불쾌함과 불편함을 동반한다.

업무가 모두 온라인을 통해서만 이루어질 경우 소통의 경로는 손쉽게 제한되며 차단과 개방이 지나치게 간단해진다. 이러한 이유 때문에 갈등이 생겼을 때 적절히 대처하기가 여간 까다로운 일이 아니다.

실제로 대면하는 업무에서는 싫든 좋든 일단 상대방을 관찰하고 표정도 살피고 분위기도 파악하게 되지만 온라인에서는 이 모든 것이 불가능하기도 하거니와 심지어 그렇게 하려는 노력마저 생략이 가능하다.

분업과 협업이 필요한 분야에 종사하는 재택근무자들에게는 이런 부분이 큰 걸림돌로 작용한다. 사람 대 사람이 하는 일이므로 분명히 감정과 느낌이 있는 법인데 매끄러운 업무를 위해서라면 갈등을 피하는 것이 더 나을 수 있다. 단기적으로 이러한 회피가 효과가 있을 경우 다툼이나 불쾌함이 생기면 의도적으로 감정을 배제해 버릴 수 있다. 이런 시간이 길어지면 고립감과 외로움이 더해져 업무와 일상생활 모두에 지장을 주게 되고 더 나아가서는 애초에 쉽게 해결될 작은 갈등을 크게 증폭시켜 해결을 매우 어렵게 만든다.

소통이 어려운 상황의 책임은 직원이 아닌 사업주에게 있다. Netflix나 Yahoo의 CEO들이 재택근무에 대해 부정적인 발언을 한 것은 이러한 고충이 어마어마함을 단적으로 보여 준다. Bloom 교수의 실험에서 재택근무 성공의 상징이었던 Ctrip 기업도 재택근무 기간이 길어지자 외로움과 고립감을 호소한 직원이 절반에 이르렀다. 재택근무 시 원활한 소통이 얼마나 힘들며 또 중요한지를 말해 준다.

재택근무를 택한 사업주는 직원과의 소통이 언제나 가능하도록 소통 경로를 열어 놓고 이를 직원들에게 수시로 알려야 한다. 사업주가 소통을 중요하게 생각하고 많은 신경을 쓰고 있음이 관찰되면 직원들도 자연히 이 흐름을 따르게 된다. 사업주가 원하는 방식을 정확히 파악하여 소통이 언제든지 가능하다는 분위기를 확고히 설정해 놓는 것이 중요하다.

재택근무는 기본적으로 직원이 혼자 있음을 전제로 하지만 그렇다고 문제가 생겼을 때도 혼자 처리하는 것을 원칙으로 하지는 않는다. 사업주는 예민하고 민감하게 직원들의 상태를 관찰하면서 고립되었다는 느낌을 주지 않을 방법을 연구하고 늘 회사가 업무의 효율성뿐 아니라 직원의 안위를 신경 쓰고 고려하고 있음을 자연스럽게 알려야 한다. 이것이 부담으로 작용해서는 안 되며 감시하고 있다는 오해를 불러와서도 안 된다.

온라인상에서 갈등이 생겼을 때 이에 대한 대처는 기본적으로 속도전이다. 대처 속도는 가능한 최대로 빨라야 한다. 대면할 때보다 훨씬 더 관계가 급속하게 악화되기 때문이다. 오히려 사업주 입장에서는 갈등과 다툼이 생겼을 때가 위기이자 기회가 될 수도 있다. 사업주, 즉 회사가 직원들 간의 소통과 관계를 늘 신경 쓰고 있음을 알리고 갈등을 해결하기 위해 적극적으로 대치하는 모습을 보여 줌으로써 결속력을 높이고 신뢰를 지킬 수 있다.

회사와 직원 간의 신뢰라고 표현하지만 결국 회사도 사람이며 직원도 사람이다. 사람과 사람 간의 원활한 소통은 기본적인 상호 신뢰와 인정에서 나온다. 사업주는 직원들을 민감하게 관찰하면서 작은 갈등도 재빨리 현명하게 대처함으로써 어떤 갈등도 잘 처리할 수 있다는 확신을 심어 놓는 것이 무엇보다도 중요하고, 직원들은 스스로 고립되지 않을 방법을 찾아 온라인 소통의 한계를 극복하기 위해 노력해야 한다.

온라인 생활이 주는
피로감

　　　　　　　　재택근무를 하는 사람들의 고충 중 하나는
온라인 메시지로 받은 업무 요청을 자꾸만 잊어버린다는 점이다. 성
실한 직원의 경우에는 사무실에서 근무할 때보다 나태해진 것은 아
닌지 자신을 원망하게 되는 경우도 있고 중요한 업무를 잊을지 모른
다는 강박까지 생기곤 한다.

　생각보다 많은 사람들이 같은 고민을 토로하는 것을 보며 깊이 공
감했고 이유를 찾고 싶었다. 아닌 게 아니라 재택으로 온라인 심리 상
담을 시작한 후 나 역시 같은 고민에 시달리고 있던 중이었다. 심리
상담사는 특히나 내담자의 정부에 민감하게 반응해야 하는데 행이나
실수하지 않을까 한동안 이 '망각의 덪'에 걸려 난감했던 적이 한두 번
이 아니었다.

054

그러나 크게 걱정할 일은 아니다. 모든 것은 새로운 환경이 주는 새로운 조건에 적응하기 위한 과정이다. 새로운 환경에 적응하는 중이라서 그렇다는 것을 인정하고 이유와 원인을 찾아내어 보완하는 것이 해결 방법이다.

두뇌가 정보를 처리하는 과정에서 가장 초기에 일어나는 것이 '입력'이다. 전화든 직접 대화든 대면 요청은 대부분 '소리'로 이루어진다. 흔히 한꺼번에 두세 가지 업무가 밀려들면 대부분의 사람들은 우선순위를 정하고 이를 차례대로 실행하기 위해 바로 메모하는 작업을 수행한다. 첫 번째는 소리로 인지하고 두 번째는 문자와 메모하는 행동으로 업무를 기억하게 되는 셈이다.

온라인 업무 요청은 대면 요청보다 입력의 강도가 훨씬 약하다. 대부분이 컴퓨터와 휴대폰 메시지로 이루어지기에 소리 자극도 없고 손으로 직접 글씨를 쓰거나 하는 행위도 대부분 일어나지 않는다. 따라서 대면 업무에 비해 훨씬 자극이 덜하며 그만큼 기억하는 힘이나 중요하게 여기는 정도도 낮아진다.

이를 보완하는 효과적인 방법은 업무가 들어올 때마다 소리를 내어 중얼거리거나 컴퓨터나 휴대폰 이외에 포스트잇 등의 메모지를 활용하는 것이다. 이렇게 하면 업무가 더 잘 기억되고 무의식적으로 우선순위를 매겨 처리하게 된다. 사소한 습관이지만 실수를 줄이고 효율을 높이는 데는 큰 효과를 가져다준다.

기계 문명의 편리함이 판을 치는 세상이지만, 굳이 손으로 펜을 들고 달력과 스케줄러에 빼곡하게 정리하는 습관과 당장 처리하지 않을 일이라면 포스트잇에 메모를 해서 눈길이 잘 닿는 곳에 붙여 두는 습관은 필요하다. 내가 이 습관을 고수하는 이유 역시 이들이 앞서 나열한 단점들을 잘 보완해 주기 때문이다.

온라인 생활은 여러모로 사람에게 피로감을 준다. 영국의 BBC 방송은 COVID-19 대유행이 시작된 이후 프랑스의 경영대학원 INSEAD에서 직장 내 업무 발전을 연구하는 Gianpiero Petriglieri 교수와 미국 클렘슨 공립대학에서 직장 내 팀워크를 연구하는 Marissa Shuffler 교수를 만나 온라인 생활이 주는 피로감에 대해 심층 인터뷰를 진행했다.

인터뷰에서 전문가들은 특히 영상 통화가 사람들에게 평소보다 피로감을 훨씬 더 많이 주고 있으며 스트레스를 받게 한다는 점을 이야기했다.

영상 통화는 직접 나누는 대면 대화보다 더 많은 집중력이 필요하다. 대면할 때는 상대방에 대한 정보를 자연스럽게 습득하게 되지만 영상 통화에서는 목소리와 얼굴을 연결시키고 몸짓을 관찰하는 등 상대를 이해하기 위해 신경을 곤두세워야 한다.

상대방도 이렇게 나를 관찰하고 있다는 생각이 들면 더 좋은 모습을 보이기 위해 목적을 가지고 무의식적 또는 의식적으로 연기를 하게 된다. 여럿이서 하는 회의일 경우 이런 부담감은 더 커지게 되며 심지어 내가 나의 모습을 끊임없이 보게 되어 긴장감은 더욱 높아진다.

일상 대화에서 침묵은 자연스럽지만 영상 통화에서의 침묵은 불안감을 유발한다. 상대방이 이야기를 하고 있는데 장비나 연결 상태에 문제가 있어 대화를 놓치고 있을지 모른다는 걱정과 무의식적으로 상대방이 나를 무시하고 있다는 불편감이 생기기 때문이다.

온라인 생활이 주는 유해함은 이뿐만이 아니다. 꼭 업무가 아니더라도 영상 통화가 소통의 수단이 되면 공간도 부적절함에 시달리게 된다.

Petriglieri 교수에 따르면 자아복합성 이론[self-complexity : 자기 복합성, 또는 자기 다양성이라고 하며 한 사람의 자아에 여러 가지 특성들(characteristics)이 함께 존재함을 의미한다.]에 의해 인간은 사회에서 부여되는 역할을 수행하면서 주변 환경에 따라 즉각적으로 다른 모습을 보이기도 하고 인간관계나 사회 활동들과 관련된 목표들을 각기 다르게 유지하려고 한다 (context-dependent social roles). 이 때문에 인간의 삶은 일, 교우관계, 가족관계 등의 여러 가지 면으로 분리되어 존재하는데 이러한 다채로움이 감소하게 되면 부정적인 감정을 다루는 내면의 힘이 약해진다. 공교롭게도 온라인 생활이 지속되고 있는 현재는 이러한 분리된 면들이 한 공간에서 한꺼번에 존재한다. 예를 들면 편안하게 즐기러 간 술집에서 학업을 지도하는 교수들을 만나고 부모님과 시간을 보내는 동시에 연인과 데이트도 하고 있는 셈이다. 가뜩이나 이런 점 때문에 힘든데 외부와 소통을 할 수 있는 방법은 오직 컴퓨터 화면뿐이다.

재택근무 초기에는 별문제가 없어 보이다가 오래 지속될수록 고립감과 어색함이 심해지는 것은 이 때문이다. 사람들은 온라인 생활에 너무나 친숙해져 있어 스스로 얼마나 깊이 연관되어 있는지 인지하지 못하기에 딱히 힘을 들여 개선할 필요성이나 방법을 적절한 시기에 찾지 못하고 만다.

Shuffler 교수는 여기에 더하여 재택근무를 하는 직원들이 자신도 모르는 사이에 최대의 성과를 내기 위해 고군분투할 수 있음을 온라인 생활의 피로도가 높아지는 원인으로 들었다. 재택이라는 환경이 혹시 일자리의 상실로 이어질까 걱정이 되고 행여나 업무에 있어 나태해질 자신이 두려워 업무에 필요 이상으로 집중하느라 더욱 긴장감이 높아진다. 실적을 올려야 한다는 부담감에 오히려 업무의 효율이 떨어져 불안감이 증폭되는 부작용이 생기게 된다.

사무실에서 근무를 하는 환경이라면 집으로 돌아와 여가 시간을 보내며 마음을 재정비하며 쉴 수 있지만 재택근무는 이런 환경을 자연스럽게 제공하지 못한다. 업무에서 벗어나 적절히 휴식을 취해야 하는데 이런 경우 사용되는 소통 방법인 영상 통화도 무분별하게 남용해서는 안 된다.

Shuffler 교수는 친구와 영상 통화를 하는 것은 자기 자신이 원하므로 휴식에 속할 수 있지만 업무 관련자들과의 통화는 의무감에 실행하는 일이기에 업무용 영상 통화는 꼭 필요한 수준으로만 사용하고 되도록 줄일 것을 권했다. 영상 통화보다는 파일 공유 등 기록물을 사용하여 정보기 지나치게 공유되는 것을 차단하는 것이 훨씬 효율직일 수 있다.

Shuffler 교수의 충고는 지나치게 개방된 정보보다는 선별된 정보가 업무에도 훨씬 효율적일 수 있다는 보스턴 경영대학원 Jesse Shore의 정보 교류 실험과도 일맥상통한다. 업무용 영상 통화는 필요 이상으로 긴장된 상태로 개방된 정보를 마구잡이로 교류하는 비효율적인 모습을 초래할 수 있고 이런 영상 통화에서 받는 스트레스에 익숙해지면 영상 통화 자체가 불편해지는 부작용도 생길 수 있다. 심지어는 폐쇄적인 환경에서 어느 정도 휴식이 될 수 있는 친구들과의 영상 통화마저 꺼리게 되는 부작용으로 이어질 수 있어 주의해야 한다.

재택근무
잘하는 법

       선택에 따라 재택근무를 할 수 있으면 좋겠지만 21세기의 재택근무는 개인에게 좀처럼 선택권을 주지 않는다. 어쩔 수 없이 시작해야 한다면 장점을 알고 극대화시킬 수 있어야 한다.

  앞서 말했듯이 회사가 직원에게 재택근무를 시킨다는 말은 곧 퇴사 준비의 신호와도 같다고 말하는 이들이 많다. 아마도 경험에서 우러나오는 쓰디쓴 충고일 것이다. 그러나 때로는 위기는 곧 기회라는 말이 찰떡같이 맞아떨어질 때가 있다. 재택근무를 잘 활용하면 도리어 존재감을 드러내고 회사에 필요한 인재임을 증명하고 어필할 수 있는 기회가 된다.

  사업주에게 자신이 쓸모 있는 직원임을 각인시키기 위해서는 업무적인 능력을 어필하고 실적을 올려서 보여 주는 방법도 있겠지만 그보다는 매사에 얼마나 성실하고 꼼꼼한지를 보여 주는 것이 매우 효과적이다. 재택근무는 사업장에 출근하는 근무와는 달리 이를 매 순간 증명할 수 있는 기회가 될 수 있다.

사업주는 직원을 채용하고 업무를 맡길 때 반드시 평가할 방법을 마련한다. 재택근무라고 다르지 않다. 보이지 않는 장소에서 일을 한다고 해서 업무량이나 업무 태도를 체크할 수 없다고 생각한다면 오산이다. 사업주들은 어떻게든 방법을 찾아내기 마련이며 그렇게 하지 못하는 기업은 결코 큰 이윤을 낼 수 없다.

재택근무를 시작한 직원들은 아마도 당황스럽고 귀찮을 것이다. 출근해서 업무를 보던 당시에는 훑어보고 넘어가던 보고서를 사업주가 꼼꼼히 읽고 질문을 던진다거나 형식적으로 사인을 해 주던 서류에 갑자기 보완할 점을 지적할 수도 있다.

재택근무를 시작하더니 사업주가 갑자기 감시자가 되었다고 느끼는 것은 이런 이유다. 나를 자르려고 트집을 잡나 보다 하고 오해하는 경우도 많다. 그러나 변화한 근무 형태에 따른 자연스러운 변화로 받아들여야 한다. 새로운 업무 체계에 적응하기에도 부족한 에너지를 불필요한 스트레스를 감당하는 곳에 낭비할 필요는 없다.

재택근무를 하면 업무를 하는 양이 사무실에서보다 훨씬 가시적이라서 매우 쉽게 파악이 가능하다. 기록이 남기 때문이다. 그냥 하던 업무도 반드시 기록으로 남겨야 하는 이유가 여기에 있다.

온라인 업무 프로그램에 기반을 두어서 로그인과 로그아웃을 한 시간이 기록되는 회사라고 해도 안심하고 마음을 놓아서는 안 된다. 다른 직원들도 똑같이 업무를 보고 있다. 로그인-로그아웃한 업무 시간이 똑같은 직원들이 각기 업무량이나 실적이 다르다면 사업주는 반드시 그 이유를 파악하려고 들 것이다. 열심히 일을 했는데 기록이 남지 않는다면 증명할 길이 없다. 매우 억울한 일이 생길 수도 있다. 그러나 사업주가 천리안과 같은 초능력을 가진 사람이 아닌 담에야 객관적인 기록 증명이 있는 업무량과 그렇지 못한 경우는 분명 차별할 수밖에 없다.

실제로 재택근무로 업무를 전환한 한 기업의 사업주는 평소에 '시키는 일만 하던 사람'과 '사무실에서 시간만 때우던 사람'이 은연중에 그러나 점차 확실히 구분된다며 고민을 토로했다. 그러나 고민의 핵심은 당장 나태한 직원을 해고하고 말고가 아니었다. 열심히 업무를 보는 직원들을 가려내고 증명하는 장치가 있어야 하는데 이를 고안해 내기가 쉽지 않다는 점이었다.

사무실에 출근해서 업무를 보면 아주 열심히 하지 않더라도 최소한 하는 척이라도 해야 한다. 다른 직원들과 보조를 맞추기 위해서라도 혼자 나태하게 있기는 힘들다. 그러나 재택근무 시에는 원할 때마다 업무에서 손을 놓는 것이 가능하다. 당장은 티가 나지 않아도 결국 다른 직원들에게 피해가 가게 되며 열심히 업무를 하려는 직원까지도 손을 놓아야 하는 상황이 온다. 사업주 입장에서는 이를 미연에 방지하고 가려내는 장치를 가지고 있어야만 한다.

사무실 업무라면 사업주가 중간중간 업무 상태를 체크하며 보조를 맞추도록 조절할 수 있지만 재택근무에서는 불가능하다. 재택근무는 업무의 결과가 판단의 지표가 되기에 성과만을 놓고는 누구의 공인지 또는 실수인지를 가려내기가 쉽지 않다. 이는 좀 나태하게 굴어도 사업주나 다른 직원들이 알아채기가 쉽지 않다는 말도 된다. 그러나 오래가지는 못한다. 직원을 평가하고 파악하지 않고 돌아가는 기업은 없다. 사업주는 어떻게 해서든 평가할 장치를 갖게 된다. 직원 입장에서는 애초에 재택근무를 나태함이 허용되는 시스템으로 보지 않는 것이 현명하다. 또한 가치 있는 직원이 되어 감히 자를 생각을 하지 못하는 자리를 차지하기 위해서는 재택근무 시스템에 맞는 전략이 필요하다.

우선은 기존에는 구두(口頭) 보고 정도로 이루어지던 사소하고 쉬운 일이라도 꼼꼼히 기록으로 남기는 습관을 키워야 한다. 열심히 업무에 임하고 있음을 직접적 또는 간접적으로 자연스럽게 알리겠다는 마음가짐도 도움이 된다. 굳이 알리지 않으면서 알아주겠거니 하는 마음은 위험하다. 열심히 일을 하는지 안 하는지 사업주가 시시콜콜 따지고 의심하지는 않겠지만 분명 어떤 경우든 오해는 생길 수 있다. 오해는 말 그대로 잘못되는 '오'(誤)에다가 풀어내는 '해'(解)를 뜻한다. 잘못된 방법으로 해석하는 것이다. 상대방이 잘못 풀어내도록 내버려 두어서는 안 된다. 미연에 방지할 수 있다면 그렇게 해야 한다.

일하고 있다는 사실을 알리고 기록을 남기는 것은 여러 가지 방법이 있다. 예를 들어 온라인으로 로그인-로그아웃하여 업무 시간을 기록하는 시스템이 없는 회사라고 업무의 시작과 종결 기록을 남기지 못할 이유가 없다. 회사마다 갖추고 있는 온라인 소통 공간을 이용하면 된다.

아침 출근 시간 무렵 'ㅇㅇㅇ입니다. 오늘 업무 시작합니다. 다들 좋은 하루 시작하세요.'라고 인사 메시지를 남기고 퇴근 시간 무렵에 '저는 이만 퇴근합니다! 좋은 저녁 되세요.' 하고 인사를 남기는 것은 매우 쉽고 친숙하며 효율적인 방법이다.

대부분의 회사에서 재택근무 시 업무의 시작과 종료를 보고하도록 하고 있기는 하지만 이 외에도 업무에 충실하고 있음을 자연스럽게 어필하고 분명한 기록을 남기는 노력을 해야 한다.

예를 들면 '점심시간이네요. 아까 거래처 ㅇㅇ님이랑 말씀 나누던 중에 우리 본사 앞에 XX 맛집이 있다는 정보를 얻었습니다. 한번 가봐야겠습니다. 아쉬운 마음에 저의 점심 메뉴는 제가 직접 만든 XX입니다! 맛점하세요!'라고 메시지를 남기거나 '퇴근합니다. 오늘은 ㅇㅇㅇ 업무를 처리하느라 많이 지치네요. 저녁에 ㅇㅇㅇ TV 프로그램을 보며 맥주 한잔할 생각입니다.'라고 한 번씩 메시지를 남기는 것은 자연스러운 만큼 효율적이다.

그러나 이런 사적인 메시지를 마치 업무 보고를 하듯 루틴으로 만들어 매일 하는 것은 삼가야 한다. 실제로 열심히 업무를 했다는 전제가 반드시 있어야 하며 메시지의 내용도 '하는 척'이 아니라 진심이어야 한다. 다른 이들과 비교를 유도하는 수단이 되어서는 안 되며 뭔가 켕겨서 또는 일 안 한다고 의심받기 싫어서 하는 행동이라는 오해를 살 만큼 역효과가 나지 않아야 한다.

무엇보다 이런 행동은 사생활에 지장이 없는 선에서만 이루어져야 한다. 재택근무를 한다고 해서 사생활을 오픈하는 것은 금기 사항 중 하나다.

앞에서 든 예를 살펴보면 자기가 직접 만든 점심 메뉴를 열심히 설명한다거나 TV를 보며 맥주를 마시는 인증 사진을 찍어 올린다거나 하는 행동이다. 전자는 점심 메뉴가 XX라는 것을 말하려던 것이 아니라 거래처 간부와 그만큼 친한 중요한 직원임을 은연중에 티 낸 것이고 후자의 경우 퇴근하고 저녁에 쉴 것이라고 메시지를 남긴 것은 이만큼 열심히 일했으니 당당하게 쉬어도 된다는 의미를 감추고 있다. 결국에는 치밀하게 계산된 업무에 관련된 발언이지 사생활이 아니다.

사내 온라인 소통 공간은 업무를 위한 소통 공간이지 잡담을 하는 공간이 아니다. 직원으로서의 성실함을 어필한 그 이상도 이하도 아닌 그만큼에서 멈춰야 한다.

온라인 공간의 성격과 분위기도 고려해야 한다. 직원이 많은 기관에서 업무의 시작과 종료를 알리는 용도로만 사용되는 곳에 굳이 열심히 일하고 있다는 메시지를 남기는 것은 민폐가 될 수 있다. 많은 직원이 함께 사용하는 공간이라면 각자의 목적에 맞는 다양한 메시지가 많을 것이고 업무를 열심히 하고 있다는 사적인 상황을 알리려는 메시지는 뭔가 기능을 하기 전에 묻혀서 사라져 버릴 수 있다. 따라서 신중하게 지켜보면서 자신이 전달하고자 하는 바가 잘 어울리는 온라인 공간을 선택해야 한다.

사적인 공간과 공적인 공간을 경계 짓지 못한다면 생활 패턴은 날이 갈수록 혼란을 거듭할 것이고 결국 일은 죽어라 해 놓고도 도리어 사업주의 눈에 업무에 집중하지 않는 사람으로 비춰질 수도 있다. 어떤 공간을 선택해서 어떻게 행동할 것인지 알아 두어야 한다. 재택근무 초기에 특히 높은 관찰력과 신중한 집중력이 필요한 이유다.

재택근무와
육아

특허청에서 실시한 재택근무 사유 설문조사에서 1위를 차지한 것은 '육아'다. 일할 수 있는데 마음껏 일을 못 하는 이유가 아이를 돌보아야 하기 때문인 사람들이 많다는 뜻이다.

앞서 Ctrip 기업과 재택근무 실험을 성공적으로 진행했던 Bloom 교수조차도 육아는 재택근무와 공존할 수 없음을 분명히 짚었다. 그는 부모가 재택으로 근무를 하는 중에는 반드시 아이들은 같은 공간이 아닌 교육 및 보육 기관에 머물러야 한다고 강조했다.

아이의 연령에 따라 필요로 하는 부모의 지원은 달라진다. 타인의 밀착 수비가 필요한 아이들은 대부분 혼자서 뭔가 할 수 없는 영유아다. 초등학교 저학년을 벗어나면 아이들은 각자의 생활 패턴이 생겨서 타인의 도움을 보조적인 수단으로만 필요로 한다. 영유아 자녀는 일일이 먹여 주고 챙겨 주어야 하지만 초등학생만 되어도 미리 준비해 놓은 간식을 스스로 알아서 먹고 다음 스케줄을 진행할 수 있는 생활이 가능하다.

물론 생활적인 면에서는 부모의 관심과 관찰이 계속해서 민감하게 유지되어야 한다. 일하는 엄마나 아빠라고 해서 아이의 생활에 무관심해서는 안 된다. 어떤 생활을 하고 무슨 생각을 하는지, 혹시 억울하거나 부당한 일을 당하고 호소할 곳이 없어 혼자 감당하고 있지는 않은지 늘 이야기를 나눌 수 있도록 소통의 경로를 열어 두어야 한다.

일하는 부모들이 아이의 정서적인 면을 염려하는 이유는 아이 역시 학교와 학원 등의 기관 생활을 하느라 하루를 피곤하게 보냈을 텐데 밤에 잠깐 만나는 부모마저 피곤함에 절어 있는 경우가 많기 때문이다. 부모도 사람이기에 힘들고 지쳐 있는 상황에서 타인에게 민감하게 관심을 갖기는 쉽지 않다. 아이를 위해 피곤을 꾹 참고 누르다 보면 엉뚱하게도 가장 그렇게 하고 싶지 않은 아이에게 폭발하게 되고 그렇게 찾아오는 절망은 이루 말할 수 없다.

실제로 일하는 부모와 함께 자란 아이들 중 정서적인 허기를 심하게 느끼는 사례가 많은 것은 사실이다. 그러나 집에 종일 머무르는 부모라고 해서 아이에게 늘 좋은 얼굴로 행복만을 선사하는 것은 아니다. 오히려 스트레스가 커져서 마찬가지로 늘 옆에 있는 질대 약자인 아이를 함부로 대하기도 한다. 그럴 바에야 차라리 열심히 일하는 모습을 보여 주고 피곤한 모습을 보이더라도 이해하는 법과 극복하는 법을 함께 연구하는 등 그 가치를 몸으로 체득하게 해 주는 것이 훨씬 낫다.

어쩔 수 없이 일을 하느라 몇 번씩 아이를 슬프게 한 기억이 있는 부모라면 더더욱 재택근무의 환상에 빠지기 쉽다. 왠지 늘 아이의 곁에 있으면서 정서적인 허기를 채워 줄 수 있을 것이라는 기대가 생긴다.

그러나 근무 시간에는 육아나 집안일을 병행하는 것이 불가능하다. 혹시 병행할 수 있다 해도 매우 제한적이고 일시적인 상황일 것이며 이런 상황이 반복되다 보면 그 무엇도 제대로 하지 못하게 된다.

육아와 재택근무의 병행을 고민해야 한다면 중요한 것은 원하는 바(wants)가 아니라 필요한 조건(needs)이다. 이를 외면한 채 환상과 기대에만 집중한다면 일과 육아, 덤으로 일상생활까지 모든 것을 놓치고 엉망진창이 된 삶 앞에 쓰러질 수밖에 없다.

재택근무를 위한
공간 세팅

각종 연구에서 이구동성으로 강조하는 재택근무의 가장 큰 걸림돌은 업무와 일상이 분리되지 못한다는 점이다. 업무 시간과 휴식 시간이 나뉘지 못하고 업무 공간과 일상생활의 공간에 경계를 짓지 못하면 재택근무는 완벽한 실패로 끝나게 된다.

재택근무를 준비하는 데 빠질 수 없는 것이 현실에 맞춘 업무 공간의 구성이다. 적당히 나누는 것은 아무 소용이 없다. 명확한 기준에 따라 물리적으로나 심적으로 구분이 되어 일상생활에 완벽하게 녹아들어야 한다.

공간의 분리에 있어서 마음의 준비와 물질적인 준비 중 어느 것을 먼저 고려해야 할지 고민한다면 물질적인 준비를 먼저 시작하는 것이 좋다. 일단 업무 공간을 어떻게든 분리해 보려는 시도를 하는 것이 가장 중요한데 업무 공간의 구성에 필요한 물품 목록을 만들거나 필요한 가구 등의 효율적인 배치를 고민하다 보면 자연히 마음의 준비도 따라오게 된다.

Bloom 교수는 한 인터뷰에서 인터넷에서 '재택근무'(Working From Home)라는 검색어를 입력하면 옷을 대충 걸친 채 호화로운 욕조에 앉아 샴페인을 들고 있는 모습이 등장한다면서 재택근무에 대해 왜곡되고 부정적인 인식이 팽배해 있음을 지적했다. 실제로 Bloom 교수가 9개월간 행한 재택근무 비교 실험에서 제시한 가장 중요한 세 가지 조건 중 하나가 바로 침실에서 업무를 보지 않도록 하는 것이었다.

보통 재택근무라고 하면 침대에 쿠션을 받치고 앉아 한가롭게 노트북 자판을 두드리는 모습을 상상하는 사람들이 많다. 한번 실행해 볼 수도 있겠지만 그런 공간에서 그런 식으로 시작된 재택근무는 삶의 질을 수직 하강시킬 것이 불을 보듯 뻔하다.

재택근무를 상상한다면 완벽하게 분리된 업무 공간을 머릿속으로 그릴 수 있어야 한다. 집 안의 어떤 부분이 앞으로 일하는 공간이 될 것인지, 그곳에는 어떤 가구가 어떻게 배치되어 있을 것이며 어떤 종류의 집기들이 놓여 있을 것인지 구체적으로 생각해야 한다.

1. 의자

집에서 업무를 본다고 해서 마냥 편할 것이라는 생각에 아무 가구나 가져다가 업무 공간을 구성해서는 안 된다. 특히 의자는 신경을 많이 써야 할 업무 용품 중 하나다.

집에는 화장대 의자, 식탁 의자 또는 안락의자 등 여러 가지 용도에 맞는 의자가 이미 있는 경우가 많다. 그러나 집은 기본적으로 편안한 공간이므로 여기에 속한 가구도 마냥 편안할 것이라고 생각하면 오산이다.

각종 가구들은 본질적으로 쓰임새가 다르다. 식탁 의자나 화장대 의자는 서너 시간씩 앉아서 컴퓨터를 사용하도록 만들어지지 않았다. 안락의자에 앉아서 바라보는 각도는 쉬기에는 좋지만 몸을 세우고 앉아 키보드나 마우스를 다루기에는 적합하지 않다. 재택근무를 집에서 시작하기 위해서는 업무용으로 만들어진 제대로 된 의자와 컴퓨터 전용으로 구성된 책상의 구비가 필수적으로 요구된다.

2. 파티션

별생각 없이 화상 프로그램을 실행시킨 후 나타난 영상을 보고 놀라서 후다닥 주변을 정리하거나 머리를 다시 고쳐 빗거나 한 경험이 있을 것이다. 집에서 생활하면서 거울을 보며 계속해서 자신의 외모를 정비하는 것은 쉬운 일이 아니다. 대부분은 인지하지 못하고 있다가 카메라에 찍혀서 보이는 자신의 모습에 당황하게 된다. 재택근무 시 세팅해 놓은 업무 공간으로 정시에 출퇴근하는 것이 필요한 이유다. 또한 화상으로 카메라를 켠 채 대면 업무를 할 때 대부분의 경우에는 상반신만 신경 쓰면 되지만 자칫 잘못하여 카메라가 바닥으로 떨어지거나 돌발 상황이 생겨 일어선다든가 하는 상황이 없으리라는 법이 없으므로 조심해야 한다.

화상 프로그램을 켤 때마다 당황하는 일을 방지하기 위해서는 가려진 벽 역할을 하는 파티션을 세워 놓는 것이 좋다. 파티션으로 분할된 공간은 무조건 업무 공간으로 생각하도록 한다. 파티션을 열고 앉는 부분에 거울과 빗 등을 갖추어 놓는 것도 좋은 방법이다. 반려동물이나 어린 가족 구성원이 있는 경우라면 파티션 내부는 절대 들어오지 않는 곳으로 알려 주어야 한다.

거주 공간이 많이 좁은 경우라면 사용하지 않을 때는 접어 놓을 수 있는 병풍 형식의 파티션을 사용하는 것도 좋다. 공간이 여의치 않아 뭔가 가져다 놓기 힘든 경우라면 카메라가 향하는 방향을 일정하게 설정해 놓고 해당하는 벽면을 깨끗하게 구성해 놓는 것도 한 방법이다. 그 주변에는 잡다한 물품을 가져다 놓지 않도록 하고 바닥에 테이프 등을 붙여 구역을 나누어 업무 공간임을 자기 자신에게 인지시킬 수도 있다.

3. 조명

컴퓨터 화면은 창문과 정면으로 배치되는 것을 되도록 피해야 한다. 해가 떠 있는 시간에 창에서 들어오는 빛이 컴퓨터 화면의 빛과 정면으로 부딪치면서 사용자에게 심한 피로감을 주기 때문이다. 그뿐만 아니라 빛이 사용자의 등 뒤쪽에 위치하므로 화상 카메라에 잡히는 사용자의 모습이 어둡고 심지어 까맣게 보일 수 있다.

공간 구조상 어쩔 수 없이 배치해야 하는 경우라면 암막 커튼을 사용하여 빛을 차단하거나 다른 조명을 사용하여 컴퓨터 사용자의 눈에 최대한 무리가 가지 않으면서 카메라 영상도 많이 어둡지 않도록 조절할 필요가 있다.

영상물 제작이 흔해지면서 영상의 중심 대상이 되는 이의 얼굴을 좀 더 환하고 생기 있게 보이도록 하기 위해 링 라이트(ring light) 또는 서클라인(circline)이라고 부르는 둥근 스탠드형 조명을 사용하기도 한다. 저렴한 가격으로 구할 수 있고 사용할 때와 사용하지 않을 때의 영상물의 분위기가 확연히 달라져서 필수품으로 구비하는 추세다.

그러나 질 좋은 영상물이 필요한 경우가 아닌 업무를 보거나 다른 이들과 화상 통신을 하는 때에 그저 생기 있게 보이려는 목적이라면 조명 사용은 자제하는 것이 좋다. 아무리 약한 빛이라도 피부와 만나면 손상을 입힌다. 꼭 사용해야 한다면 조명 앞에 서기 전에 피부 보호를 위한 전문 화장품이나 차단제를 사용하는 습관을 들이는 것이 중요하며 아울러 자기 전에 꼼꼼히 세안하는 습관도 가져야 한다.

4. 유선 인터넷 연결

안정된 업무를 위해서라면 Wi-Fi 환경보다는 유선 인터넷 연결이 권장된다. Wi-Fi 환경은 불안정할 수 있고 보안에도 문제가 있을 수 있어 안정되고 원활한 업무를 위해서라면 처음부터 업무 공간을 세팅할 때 유선 인터넷 선을 마련해 두는 것이 좋다.

5. 필요한 물건은 적절히 구비한다

재택근무를 하는 업무 공간은 출근해서 머무는 공간보다 훨씬 간소하게 관리할 수 있다. 서류나 종이, 필기구와 컵 등은 사무실이나 재택근무용 책상이나 상관없이 갖추어져 있어야 하지만 거울이나 핸드크림, 손수건, 휴대폰 충전기 및 커피나 사탕과 같은 간식 등은 굳이 재택근무용 책상 위에는 구비되어 있지 않아도 된다. 간식이나 믹스커피 등의 경우에는 사무실에서는 생각 없이 섭취하느라 건강에 유해했을 수 있으므로 재택근무에서는 완전히 공간에서 분리하여 가까이 두지 않는 것이 건강관리에 좋을 수 있다.

야식을 시켜 놓고 소파에서 뒹굴면서 드라마나 영화를 보는 것은 순간에는 휴식과 재미를 선사하지만 건강한 생활에 있어서는 최악의 조건이다. 마찬가지로 재택근무라고 해서 컴퓨터 앞에 앉아 업무를 보면서 식사를 하거나 긴장을 풀고 비스듬하게 기대어 앉는 것은 매우 안 좋은 자세다.

업무 공간에서는 직장인답게 있고 한발 옆으로 물러서서는 편안한 집의 주인답게 생활하는 카멜레온의 모습을 갖추는 것이 필요하다.

6. 재택근무에 도움이 되는 다양한 물건들

1) 각종 마사지기

사무실에서 업무를 하면 타인과의 교류를 위해서나 화장실을 다녀오기 위해 한 번씩 공간을 이동하게 되고 어찌 되었건 하루에 한두 번은 외부에 나가서 바깥 공기도 쐬게 된다. 사소한 순간들이지만 재택근무를 하다 보면 이러한 시간들이 얼마나 중요한 시간들이었는지 깨닫게 된다.

재택근무가 잘 맞는 사람일수록 사무실에서보다 일에 더 집중하게 된다. 덕분에 몸을 움직일 일은 줄어들고 이런 환경에 있는 이들의 열에 아홉은 반드시 혈액 순환에 문제가 생긴다.

혈액 순환에 문제가 생기는 첫 번째 신호는 '어쩐지 몸이 둔해지는' 느낌이다. 몸이 뻐근하고 굳은 느낌이 들지만 딱히 큰 문제가 느껴지지 않기에 그냥 방치했다가 별것 아닌 문제를 병으로 확대시킬 위험성이 매우 크다.

패치를 붙이는 저주파 마사지 기계나 실리콘 컵으로 만들어진 부항기 형태의 마사지기, 발마사지 기계나 원적외선 족욕기 등은 혈액 순환에 문제가 생길 수 있는 앉아서 오래 근무하는 재택근무자에게 유용한 아이템이다. 다른 사람들의 시선에 신경 쓰지 않고 건강을 관리할 수 있는 이점을 십분 활용할 수 있다. 물론 사무실에 출근하는 직장인도 자유로운 업무 환경이라면 사용할 만하다.

2) 손 지압 도구

다리나 어깨 등은 국부 마사지기로 효과적인 자극을 줄 수 있지만 손은 계속해서 활동하므로 혈액 순환에 도움이 되는 자극을 주기가 힘들다.

옥이나 플라스틱 등으로 제작된 뾰족한 돌기가 튀어나온 손 지압 도구는 꼭 재택근무자가 아니더라도 팔이나 손목을 많이 쓰는 직장인에게 유용하다. 작은 크기라 마우스 패드 옆에 하나씩 올려놓고 수시로 쥐었다 폈다 하면 혈액 순환과 손 건강에 도움이 된다.

3) 편광 안경

컴퓨터를 오래 사용해야만 하는 직장인들은 비문증이나 반사광 때문에 눈이 특히 피로할 수 있다.

태양에서 뿜어져 나온 빛은 지표면에 도달하면서 여기저기 부딪히게 되는데 눈을 부시게 하는 이런 빛을 반사광(reflected light)이라고 한다. 컴퓨터 화면을 볼 때나 운전을 할 때 간혹 선글라스를 착용해도 눈이 불편한 것은 반사광이 여기저기 퍼지는 성질을 갖고 있기 때문이다.

비문증은 흔히 날파리증이라고도 하는데 눈앞에 먼지나 날파리 같은 작은 이물질이 떠다니는 현상을 말한다. 보통 시선이 이동함에 따라 함께 움직이는 듯한 느낌에 성가실 수 있으며 노년층의 질환이었으나 스마트폰 기기의 사용 빈도가 높아짐에 따라 젊은 층에서도 늘고 있다.

반사광은 자연 그대로의 현상이어서 막을 수가 없고 비문증은 특별한 치료법이 없는 것으로 알려져 있기는 하지만 편광 필름이 삽입된 보안경을 착용하거나 모니터에 편광 보호 필름을 부착하는 행위 등이 그나마 도움이 된다.

편광 렌즈는 빛을 걸러 내는 편광 필름을 장착하고 있는데 반사광을 차단하는 데 효과가 좋다. 비문증 역시 혼탁해진 안구에 여기저기 갈라진 빛이 들어와 눈앞을 더욱 흐리고 성가시게 하는 증상이므로 편광 렌즈가 삽입된 보안경을 착용함으로써 증상을 완화시킬 수 있다.

업무의 집중도가 높아지고 사무실에 있을 때보다 오히려 더 많은 시간을 컴퓨터나 스마트폰의 화면을 보며 지내게 되는 재택근무에 있어서 편광 렌즈는 필수적으로 갖춰야 할 물품이다.

편광 렌즈를 착용하고 눈이 더 피로하다고 느끼거나 시력이 나빠진다고 호소하는 이들도 있으나 이는 잘못된 제품을 선택했기 때문이다.

선글라스도 렌즈에 단순히 색을 입힌 제품과 UV 차단 제품이 매우 다르듯이 저가형 편광 렌즈의 경우 일반 렌즈에 색을 넣어서 시야만 어둡게 만들기 때문에 눈 건강에는 도움이 안 될 뿐만 아니라 자칫 매우 해로울 수 있다.

편광 렌즈는 가느다란 선을 손톱만 한 크기에 30만 개 정도로 배열하여 빛이 통과되는 양을 조절하는데 이 미세한 결을 수직으로 교차시켜 불규칙한 빛을 가능한 만큼 모두 걸러 낸다. 일반 렌즈는 빛을 모두 통과시키며 밝기만을 조절하는 데 반해 편광 렌즈는 이런 방법으로 불편한 빛은 차단하고 정결한 빛만을 통과시킨다.

빛을 받아들이는 데는 렌즈가 얼마나 매끈하게 다듬어져 있는지도 중요하기 때문에 플라스틱이나 저가의 아크릴을 사용한 울퉁불퉁한 제품은 피하고 전문적으로 제작된 제품을 선택해야 한다.

재택근무나 장시간의 컴퓨터 업무를 하는 상황이라서 모니터 불빛을 피해 갈 수 없다면 눈을 보호하는 제품을 적극적으로 사용하고 눈 건강을 위한 비타민C를 섭취하거나 정기적인 안과 검진을 받는 것을 습관화해야 한다.

4) 복장

화상 대면 시 상의 복장은 되도록 목 부분에 접히는 칼라가 있는 옷으로 선택하는 것이 좋다. 목둘레가 둥근 상의는 편안해 보이고 자칫 풀어지고 해이해진 느낌을 줄 수 있다.

체크무늬나 복잡한 기하학무늬가 들어간 옷이나 영문자가 크게 쓰여 있는 옷도 삼가야 한다. 단색으로 된 단정한 셔츠나 블라우스가 가장 무난하다.

프로그램을 켤 때마다 입는 옷으로 검정이나 남색, 회색 등의 단정한 상·하의를 정해 두고 업무용 공간으로 정해진 곳 옆에 걸어 두는 것도 좋은 방법이다. '이 옷은 일할 때 입는 작업복'이라고 자기 자신에게 각인시켜 두면 업무와 일상생활의 분리가 더욱 효율적일 수 있다.

보통 화상 프로그램은 상반신만 보이기 때문에 상의는 신경 써서 갖춰 입고 아래에는 꽃무늬가 있는 파자마 바지나 구겨진 하의를 아무렇게나 입고 있는 경우가 많다.

그러나 화상 회의 중에는 컴퓨터와 상당히 멀리 떨어진 곳에 있는 물품이 필요해지는 때가 반드시 있다. 자신이 어떤 하의를 입고 있는지 인지하고 있다면 모를까 회의에 몰입한 나머지 자신도 모르게 "○○를 가지고 오겠습니다."라고 말하며 벌떡 일어나는 경우도 생긴다. 그냥 웃어넘기거나 민망함에 사과하고 끝날 일일 수도 있겠지만 자기 관리를 못 하는 칠칠맞은 직원으로 각인되는 결과를 낳을 수도 있으므로 각별히 조심해야 한다.

가장 좋은 방법은 검은색이나 남색의 편안한 평상복 하의를 활용하는 것이다. 굳이 신경 써서 갖춰 입을 필요도 없고 혹 화상 프로그램의 카메라에 찍혀 드러난다고 해도 크게 문제가 되지 않는다.

재택근무의
성공과 실패

재택근무가 너무나 잘 맞는 사람도 있지만 집에서 일을 해야 하는 상황이 몹시 불편한 사람도 있다.

가끔 익숙한 공간을 벗어나 새로운 곳으로 이동하는 것은 삶에 활력을 주기도 하지만 이는 기존에 머물던 공간이 지나치게 친숙한 나머지 지겨울 정도가 되었을 때만 효과적이다.

실제로 '집순이'나 '집돌이'로 명명되는 부류의 사람들에게 낯선 공간으로의 이동은 큰 스트레스다. 여행을 권장하고 낯선 곳이 주는 에너지를 절대적으로 숭배하는 사회 분위기는 이들을 불안하고 불편하게 만든다. 이들에게는 사적인 공간을 분할하여 업무 공간을 마련하고 쉼과 업무를 시간적으로 배분해야 하는 상황이 큰 스트레스로 작용한다.

재택근무라고 해서 모두에게 무조건 편하고 행복하고 좋을 수는 없다. 사람마다 공간에서 느끼는 불편감이나 편안함은 그 정도나 강도가 매우 다르므로 함부로 가치관을 평가하거나 적용하는 것은 삼가야 한다.

　인간이나 동물이나 할 것 없이 생명체라면 기본적으로 귀소 본능(歸巢本能 : 동물이 기존에 성장한 장소에서 멀리 떨어졌다가 다시 돌아오는 본능적 성질)이 있어 대부분의 사람은 낯선 공간이 주는 흥분감 못지않게 익숙한 공간이 주는 편안함을 선호한다. 어떤 이유로든 한곳에 머물지 못하고 계속해서 낯선 공간에 머물러야 한다면 말로 다 못 할 스트레스가 될 것이다.

　재택은 늘 접하는 친숙한 공간이 주는 편안함을 장점으로 극대화할 수 있고 혹 지겨움을 느낄 때 여행을 간다거나 카페로 나간다거나 하는 등 할 수 있는 만큼 변화를 줄 수 있어 효과적인 기분 전환이 가능하다. 출퇴근 시간이 줄어들기에 체력적으로나 시간적으로나 여유가 생긴다는 점도 긍정적으로 작용한다.

　이런 면에서 재택은 업무 효율을 높이고 성과를 더 잘 낼 수 있을 것이라는 기대감을 주지만 반드시 좋은 성과와 업무 효율을 보장하는 것은 아니다. 형태가 바뀌었을 뿐 업무 지체가 달라지지는 않았기 때문이다. 편안한 분위기에서 더 잘될 줄 알았으나 오히려 나태해지고 해이해지는 결과가 나올 수도 있다. 재택근무를 하면서 시간을 탄력적으로 운영하고 그로 인해 좋은 결과를 내는 것이 당연하며 그렇게 하지 못한다면 개인의 능력과 의지의 부족이라고 지적하는 것은 심한 논리적 비약이다. 인간의 행동은 늘 자극에 반응한다. 재택근무를 하는 것이 어떤 반응을 이끌어 낼 자극인지는 그 누구도 경험하기 전에는 확실히 알 수 없다.

사업주와 직원이 재택근무를 선택하는 것은 좀 더 큰 효율과 좋은 성과를 위한 합의다. 바뀐 환경에서 좋은 결과를 내기 위해서 얼마만큼의 자극이 필요한지는 시간이 흘러서 경험이 쌓여야 제대로 파악할 수 있다.

재택근무가 시작되었다면 자신의 패턴과 스타일을 파악하는 기간을 가져야 한다. 하루 중 어떤 시간에 가장 업무의 효율이 높은지, 가장 졸음이 오거나 지치는 때는 언제인지, 그런 시간을 어떻게 보내는 게 가장 효율적인지도 관찰과 적응이 필요하다.

점심을 집에서 직접 해 먹는 경우도 있고 배달 음식으로 충족할 수도 있다. 사무실이라면 점심을 먹고 회사 주변을 한 바퀴 도는 가벼운 운동을 하는 것이 가능하지만 집에서는 식사 시간 전후에 움직이지 않고 계속 앉아서 시간을 보내게 될 수도 있다. 점심은 되도록 가볍게 허기만 달래는 정도로 끝내고 저녁을 영양가 있게 섭취하는 방법을 선택하거나 점심시간을 늦춰 시간을 배분한 후 규칙적으로 운동을 하도록 스케줄을 정할 수도 있다.

재택근무는 누구의 직접적인 간섭을 받지 않고 눈치를 볼 필요가 없기 때문에 본인의 조절력과 통제력에 따라 같은 상황이 장점이 되기도 하고 단점이 되기도 한다.

재택근무를 하면서 가장 신경 써야 하는 부분 중 하나는 건강관리다. 평소에는 출퇴근 시간에 체력적으로 많은 에너지를 뺏겨 규칙적인 몸 관리를 엄두도 못 냈다면 재택근무 시스템을 이용하여 건강한 몸을 가질 수 있을 것이다. 그러나 같은 확률로 극도로 건강을 해칠 수도 있다. 고립된 환경이기에 등을 떠밀거나 앞에서 끌어 줄 사람이 없다. 오로지 본인이 올바른 방향을 선택하여 자기 자신을 견인(牽引)해야 한다. 그렇지 않으면 그 어느 쪽으로도 가지 못하고 좌초되는 결과로 이어질 수 있다.

자유를 무조건 갈망하는 자에게 자유가 주어지면 그만큼 독이 되기도 한다. 자유를 갈망한다면 자유를 획득한 이후에 어떤 식으로 만끽할 것인지 구체적인 상상과 계획이 따라와야 한다. 재택근무를 시작함과 동시에 개인 시간 확보라는 꿈같은 조건을 확보하여 윤택하고 건강한 삶을 살 수도 있지만 주어진 시간을 흐지부지 날리다 못해 자신에게 해가 되게 보낼 수도 있는 것이다.

실제로 재택근무를 시작한 이들에게 물어보면 100% 만족하는 이가 드물다. 새로운 업무 환경이 낯설어서 적응할 시간이 필요한 경우는 시간을 두고 나아가면 나아질 수 있지만 기대한 것과 너무나 다른 현실을 감당하기 힘들어 우울감을 호소하는 경우는 좀처럼 해결책을 찾기가 어렵다.

재택근무에 대해 불만을 호소하는 이들은 본인의 의지로 재택을 선택하지 않고 강요당하거나 반강제로 시작한 경우도 있지만 재택근무에 대한 환상을 품고 사업주에게 적극적으로 먼저 요청한 경우도 상당하다.

이들의 경우 한번 시작한 재택을 되돌리기는 힘들고 뭔가 잘못된 느낌이 드는데 해결 방법은 알 수가 없어 매우 곤란한 상황에 처한다. 잘못된 환경 세팅을 관찰하고 수정하는 것은 엄두가 안 나는데 설상가상으로 다른 사람들은 수월하게 잘하고 있는 것처럼 보여 불안이 생긴다. 그저 누군가를 원망하고 탓하는 것이 유일하게 할 수 있는 합리적인 행동처럼 여겨지기도 한다.

재택근무를 시작하고 우울감에 빠진 사람들은 시대와 상황을 원망하며 주저앉아 불평불만을 늘어놓으면서 더욱 깊은 수렁으로 빠져든다. 이런 마음을 함께 나누는 이들이 있으면 그나마 좀 나으련만 힘듦을 알아주는 이들은 적고 세상 편한 재택근무를 하면서 불평한다며 타박하는 사람은 많다.

한 가지 희망적인 점은 환경은 개선이 가능하고 마음은 고쳐먹을 수 있다는 사실이다. 재택근무의 특성을 새롭게 이해하고 본인이 처해 있는 현실을 객관적으로 점검하고 보완한다면 발전된 모습으로 건강하게 업무와 사생활을 모두 가질 수 있다.

재택근무
말랑한
이야기

지금부터는 몇 년 전 내가 겪었던 재택근무의 생생한 경험담을 풀어 볼까 한다. 좋은 성과를 거두지는 못했지만 그렇다고 배움이 없지는 않았다. 이 배움의 결과는 지금 COVID-19 대유행이 시작된 후 상담사로서 재택근무를 하는 데 많은 도움이 되고 있다.
마음의 준비에서부터 업무 공간의 구성에 도움이 되는 실제 경험까지 내가 겪은 많은 것들을 담아 보려 한다.

경력 단절자,
다시 사회로!

　　　　　　　　내가 재택근무 일을 하게 되었던 이유는 단순하고도 명확하다. 출퇴근을 해야 하는 직업을 구할 처지는 못 되면서 시간과 체력은 남았고 일상생활에서 요구되는 지출은 늘어 갔다.

　큰아이와 여덟 살 터울이 지는 둘째를 낳으면서 경력 단절자가 되었다. 남편이 일을 하고 있었기에 그럭저럭 생계가 유지되기는 했지만 아이를 키우면서 점점 늘어나는 지출은 늘 상상을 초월했다. 신체 건강하고 일할 능력이 되는데 집에 들어앉아서 늘어 가는 지출을 걱정하는 것은 불합리했다.

　아이를 키워 놓고 복귀할 수 있는 직종도 있지만 나의 주업이었던 영어 강사직은 거의 불가능했다. 싼 임금에 젊은 유학파 강사들이 넘쳐 나는데 나이 많은 경력 단절자가 설 자리가 있을 리 없다. 게다가 오후에 출근하는 직업이라 한참 자라도 결국은 학생일 두 아이를 챙기기도 불가능했다. 어떻게든 되지 않을까 하는 생각으로 영어 학원에 이력서를 넣었으나 오후 늦게 시작하여 저녁 늦은 시간까지 강의를 해야 하는 시간표는 도저히 감당할 수가 없었다. 그럼 과외를 해볼까? 나름 프리랜서직이므로 원하는 만큼 조절할 수 있을 것이라고 기대하며 시작했다. 어느 정도는 수입도 들어왔지만 역시나 오후에만 일을 하는 직업이라 아이들을 돌볼 수가 없었다. 결국 모두 접고 인생 2막 준비라고 생각하며 상담사 자격증을 준비하기로 했다.

일단 대학원 진학을 했으나 등록금만 해결하면 될 줄 알았더니 무슨 워크숍이며 세미나며 학술대회며 수련이며 돈이 쓸려 들어가기 시작했다. 이게 아닌데. 심지어 생활비까지 부족해지기 시작했다. 그렇다고 야심 차게 시작한 대학원을 접을 수도 없었다. 진퇴양난이란 이런 것이다. 결국 이래저래 또 다른 수입이 절실히 필요한 상황이 되었다.

집에 있으면 뭐해. / 반찬값이라도 벌지. / 이제 사회생활 해야지. / 애들도 다 컸잖아.

육아의 부담에서 어느 정도 벗어난 주부들의 마음을 효과적으로 잡아 흔드는 말들이다. 보통 아이가 서너 살이 되어 기관을 다닐 수 있는 나이가 되면 출산과 육아에 묶여 있던 여성들 중 상당수가 일을 하고 싶은 욕구를 느낀다. 아이가 다 자라지 않았으니 집에는 있어야 할 것 같은데 조금이라도 가계에 도움이 되도록 일은 하고 싶다. 이런 마음을 공략하는 단어가 '재택 가능', '재택근무 환영' 등이다. 실제로 구직 사이트의 목록을 대충만 훑어봐도 빠지지 않는 '재택 가능'은 누구나 한 번씩 클릭해 보는 마법의 단어다.

물론 주부들뿐만 아니라 외부 활동을 꺼리는 이들에게도 '재택'이라는 단어는 유혹의 힘이 어마어마하다. 마치 집에서 놀면서 일할 수 있을 것만 같은 편안함이 느껴지고 번잡한 출퇴근 과정을 생략할 수 있는 특권을 누릴 수 있을 것 같다.

대부분 이런 일들은 꿈같은 성공 스토리가 따라붙어 사람을 들뜨게 만든다. 광고 따라 흐름 따라 기분 따라 '일단 해 보다가 안 되면 말지'라고 시작하고 열에 여덟은 상처 입고 좌절로 끝난다.

물론 열에 둘 정도는 성공한다. 그런 '운도 따르고 실력도 좋고 준비도 잘했던 둘' 때문에 나머지 여덟은 입도 뻥긋 못 한다. 그저 준비와 정보가 부족했을 뿐인데 뭔가 크게 잘못해서 실패했다는 생각에 의기소침해지고 다시 도전할 용기를 잃는다. '내가 뭘 제대로 하겠어' 하고 우울함에 잠겨 낙담한 채 엉뚱한 욕심을 부렸다는 자괴감에 빠지고 만다.

너무 생각만 하다가 기회를 놓치는 것도 억울하겠지만 신중하게 고려하고 준비하는 시간은 반드시 있어야 한다. '일단 뭐든 해 보자, 시작하면 어떻게든 되겠지'가 통할 때가 있고 안 통할 때가 있다. 무모하게 덤비는 것은 때로는 큰 불행을 가져올 수 있다.

어떻게든 일을 하고 싶었던 나도 둘째 아이가 기관을 다니는 나이가 되자 '재택'의 환상에 사로잡혀 무모한 첫발을 내디뎠다.

시작은 공부방 창업이었다. 살림과 육아와 경제력을 모두 잡을 수 있을 것만 같았다. 아이들을 키우면서 할 수 있다고 생각했기에 아무 준비 없이 시작했다가 그야말로 쫄딱 망했다.

준비도 사전 정보도 없이 뛰어들었으면서 창업은 나에게 안 맞는다는 쉽고 엉뚱한 결론을 내리고 월급쟁이로 일할 수 있는 재택근무로 일하는 온라인 선생님 일을 시작했다. 역시나 1년도 안 되어 만신창이가 되어 그만두었다. 단언하건대 일을 열심히 안 했다거나 적성에 안 맞았다거나 악덕 기업이 나를 일부러 해고한 그런 이유는 아니었다. 제대로 고려하지 못한 상황에서 비롯된 여러 가지 변수들에 떠밀려 결국 쓰러질 수밖에 없었다.

너무나 많은 실수와 자괴감에 눌려 한동안 아무것도 못 하고 의기소침한 채로 지냈다. 우울증도 심하게 찾아와 인생 최대의 힘든 시기를 보내야 했다.

다행히도 내게 남은 마지막 카드가 상담사 자격증이었다. 다른 일이었다면 어떤 결론이 났을지 모르지만 제대로 된 상담사가 되기 위해서는 자기 자신에 대한 통찰을 위해 엄청난 시간과 노력을 쏟아야 한다. 꾀부리지 않고 성실하게 이 시간을 보낼 수 있었던 것이 참으로 다행이다. 끊임없이 나를 돌아보고 회복하고 또 상처를 돌아보는 과정에서 나는 내가 꿈꾸었던 '재택근무'의 환상을 샅샅이 늘여다볼 수 있었다. 내친김에 CS 공부도 시작해서 자격증도 취득했다.

나중에 이르러서야 나는 거울 속의 내게 말할 수 있었다. 사람은 정말로 아픈 만큼 성장하는구나!

재택 프리랜서
― 공부방 창업 & 폭망

공부방 선생님은 재택근무자라기보다 '재택'을 하는 자영업자다. 재택으로 일을 하게 되는 면이 있기에 공간을 설정하는 데 도움이 되는 이야기가 있어 풀어 볼까 한다.

둘째 아이가 기관을 다니며 어느 정도 시간이 나기 시작한 가을, 더 이상 경력 단절자로 살 수는 없다는 결심에 공부방을 창업했다.

공부방을 창업하려는 사람들 중 다수가 경력이 단절된 여성들이다. 어느 정도의 경제적 수입도 생기는 데다가 여태 하던 일이 아이를 돌보는 일이므로 딱히 전문적인 능력도 필요 없어 보이고, 무엇보다 자신의 아이를 돌보면서 할 수 있는 일이라 마음이 동한다. 어차피 아이는 키워야 하니까 그 김에 한두 명 더 키우면 된다고 쉽게 생각한다.

한두 명은 너무 적나? 두세 명도 괜찮을 듯하고 서너 명, 혹은 그 이상도 돌볼 수 있을 것만 같다. 상상만으로 무엇을 못 하랴. 아마도 일개 군대도 너끈히 감당할 수 있을 것이다.

집이 넓은 경우에는 방을 한 칸 비우고 사용하는 경우도 있고 아예 분리하여 거주지와 가까운 곳에 공간을 마련하기도 한다. 어떻게 준비할지 막막한 사람들을 위해 손쉽게 공부방 창업을 돕는 컨설팅 업체들이 존재한다. 공간을 구성하는 방법을 알려 주고 학생을 모집하는 방법을 교육하는 프로그램을 제공해 준다고 요란을 떨지만 사실 상당한 비용을 요구하는 데 반해 제대로 도움을 얻지 못하는 경우가 대부분이다.

제대로 해내기 위해서는 물리적인 공간 세팅에 앞서 어떤 아이들을 대상으로 하는지, 또 탁아소(託兒所) 분위기로 돌봄에 충실할 것인지 아니면 학원처럼 학습에 중점을 둘 것인지 공간의 성질과 성격을 명확히 규정할 필요가 있다. 아이들을 돌보는 일은 기본이라는 게 있으니 딱 그 정도에서 하면 되겠지 하고 안일하게 시작하면 반드시 잘못된 길로 가게 되어 있다.

기본이 기본이지 뭐 특별할 게 있나? 아이가 학교를 마치면 데리고 와서 숙제를 하게 해 주고 다음 날 가져간 준비물을 챙겨 주고, 오후 간식을 챙겨 먹이고 학원을 다니는 아이면 시간에 맞춰 보내고. 학교 외 공부는 앉혀 놓고 문제집 몇 권 사서 풀게 하면 된다. 적당히 데리고 있다가 저녁에 귀가시키면 되는데 힘들 일이 뭐가 있을까?

이런 기본 방침을 세워 놓으면 공부방이 아니라 아이 한 명당 개인

비서를 붙여 주는 학습 컨설팅 회사를 운영해야 한다. 어째서냐고? 말을 잘 듣고 착실하게 지침을 따르는 아이들보다 엇나가고 말썽을 부리고 어떻게든 다른 곳으로 새어 나가려는 아이들이 훨씬 많기 때문이다. 내 아이면 꿀밤을 한 대 쥐어박거나 호된 꾸지람이라도 하련만 돈을 받고 관리와 책임을 위임받은 입장에서는 쉽지 않다.

공부방 선생님이 너그럽고 인자하면 아이들은 바로 풀어지고 해이해질 것이며 무섭고 엄하면 거부감을 가지고 반항하려 든다. (이 경우 아이가 선생님을 너무 무서워해서 안 가려고 한다는 학부모의 항의는 후렴구처럼 반복될 것이다.)

무작정 아이를 위한 공부방이 아니라 초등학교 저학년을 대상으로 할 것인지 또는 유아도 함께 돌볼 것인지도 고려해야 한다. 초등학교 고학년이나 중학생까지 함께 맡을 생각이라면 유치원 수준부터 중학교까지의 학습 과정을 모두 돌봐 줄 수 있는 수준의 선생님이 있어야 한다.

공부방에서 아이들이 귀가할 때는 몇 시에 어떤 수단을 이용할 것인지 미리 설정하고 매일 체크해 두어야 한다. 부모가 데리러 올 수도 있고 걸어서 집까지 갈 수도 있다. 차량을 이용한다면 안전하게 주차할 수 있는 공간을 확보해야 하고 너무 늦은 시간이라면 집까지 동행하여 안전한 귀가를 도와야 한다.

학원 시간에 맞춰 보내고 데려오고 할 계획이 있다면 학원 차량의 이용 시간은 어떤지 확인하고 해당 학원의 차량을 운전하는 사람의 휴대폰 번호를 갖고 있어야 한다. 혹시라도 중간에 아이가 학원으로 가지 않고 사라졌다고 연락이 오면 바로 뛰어나가 아이를 찾아올 수 있는 역할을 할 어른도 있어야 한다.

이런 세세하고 복잡한 관리를 하지 않겠다면 그 한계를 명확히 설정하고 미리 부모들과 합의를 해 두어야 한다. 부모가 굳이 비용을 내고 공부방을 이용하는 이유는 자신이 아이를 관리할 수 없어서 누군가 대신해 주기를 바라기 때문이다. 세심하게 돌봄의 손길을 받지 못하는 사설 공부방이라면 이용할 이유가 없다.

물론 이렇게 세세하게 아는 이유는 그만큼 뼈저리게 실수한 탓이다. 정작 나 자신은 초등학생 아이와 유아를 키우며 실수를 연발하는 중이면서 마치 아이를 잘 돌보고 키울 수 있는 사람인 척 행세를 했다. 부족한 점이 느껴질 때마다 엄마와 선생님은 다르니까 괜찮다고 위안했다. 물론 다르다. 그래서 공부방 선생님은 아이들을 다룰 때 선생님이어야지 엄마 같아서는 안 된다.

처음 공부방을 창업해야겠다고 생각했을 때의 대상은 맞벌이를 하는 가정의 초등학생들이었다. 학교를 마치고 오는 아이들을 데려와서 숙제와 학교 공부를 도와주고 영어 강사 경력을 살려 영어 교육도 병행하면 금상첨화라고 생각했다. (학교 공부와 영어 교육만을 할 생각이었으면 공부방이 아니라 학원을 창업했어야 한다. 공부방과 학원은 비슷해 보일지라도 각 공간의 성격과 구조가 완전히 다르다.)

일단 아이들이 오고 가기가 쉽도록 초등학교 바로 앞에 있는 원룸형 아파트를 월세로 계약하고 그동안 이것저것 배우고 익히며 준비한 여러 가지 프로그램들로 시간표를 짰다. 각 프로그램에 맞게 필요한 가구와 집기들을 중고 상점에서 들여왔고 공간을 나름대로 내가 생각한 분위기로 차곡차곡 세팅하기 시작했다.

우선은 미술에 관련된 여러 가지 자격증을 취득한 상태여서 미술 치료 프로그램을 운영할 생각으로 관련된 재료와 도구들을 수납했다. 처음에 생각한 것은 학교 공부와 영어 교습이었는데 난데없이 웬 미술 치료였을까? 가정집에서 미술 학원을 운영하면 잘된다는 풍문을 들은 탓이다. 미술 치료사와 미술 학원 선생님은 비슷하지도 않은 직업인데. 경력 없이 공부만으로 취득한 자격증은 그렇게 환상적인 무모함을 선사했다. 단순하게 '미술'이 인기니까 하면 잘될 거라는 생각만 했다. 훗날 미술 치료 경력을 쌓아 가면서 이때가 자꾸 떠올라 누가 뭐라 하지 않아도 절로 깊은 한숨이 나오곤 했다.

그렇게 미련한 환상에 젖은 채 마련한 각종 미술 치료 재료가 공부방 한쪽 정리함에 빼곡히 들어찼다. 미술 공예에 관련된 자격증을 따느라 그동안 만들어 놓은 여러 공예 작품들을 전시한 유리장도 한쪽에 마련해 두었다. 아이들의 눈길을 끌 만한 화려하고 아기자기하고 귀여운 작품들과 각종 액자들이 유리장과 벽면을 가득 메웠다.

미술 치료 프로그램 이외에 내가 주도할 영어 강의도 그에 알맞은 공간 세팅이 필요했다. 근처에 중학교가 있었으므로 당시 6학년인 예비 중학생을 위한 프로그램을 마련하고 수업을 위한 칠판과 탁자도 구비했다. 아파트 가정집인 이점을 살려 의자에 앉는 것보다는 바닥에 앉도록 낮은 탁자로 준비했고 바닥은 따뜻하게 카펫을 깔아 두었다.

초등학교 저학년 학생들을 등록시킬 요량으로 영어 교육과 요리 활동을 합친 프로그램도 준비했다. 하필이면 대학을 졸업하고 외국으로 유학을 갔던 시절 내가 머물렀던 하숙집이 베이킹을 하는 요리사 아주머니의 집이었다. 이것저것 빵과 과자를 만드는 방법을 배운 탓에 이 재주를 썩히지 않고 활용하고 싶었다. 베이킹 수업을 위한 오븐을 가져다 놓고 아이들이 사용할 식기도 마련했다.

각종 영상 수업을 위한 커다란 TV 모니터도 들여놓고 오전에는 수능을 준비하는 재수생이나 고등학생들을 과외할 생각으로 수능 대비 영어 문제집도 들여놓았다.

이쯤이면 되었다 싶어 손을 탁탁 털며 돌아본 공부방은 그야말로 잡동사니가 가득 찬 창고와 같은 모습이었다.

공간의 한쪽은 미술 공예품들이 잔뜩 전시되어 활발하고 산만한 느낌을 주었고 벽에는 칠판이 걸려 있었는데 그 앞에는 전혀 어울리지 않는, 여러 명이 당장 밥을 차려 먹어도 될 만큼 커다란 앉은뱅이 탁자가 놓였다. 커다란 TV가 한쪽에 존재감을 뽐내며 놓였고 뜬금없이 커다란 오븐도 한 자리를 차지했다.

뭔가 잘못된 것이 아니라 모든 것이 다 잘못되어 있었다. 딴에는 할 수 있는 프로그램을 모두 하겠노라고 열정을 쏟아부은 셈이지만 결과적으로 너무나 다양한 프로그램을 운영하려는 욕심에 공간은 혼란스럽기만 했다.

정체성을 명확히 갖지 못한 공간은 제대로 기능하지 못했다. 공부방이라고 이름만 붙여 놓았을 뿐 전혀 공부방답지 않았던 탓에 학생은 모이지 않았다. 문의가 와서 나름 성의 있게 상담을 해도 결과는 참담했다. 다들 호기심이 가득한 얼굴로 와서 고개를 갸우뚱하다가 결국에는 절레절레 저으며 떠났다. 누구도 선뜻 내가 마련한 공간으로 들어오지 않았고 시간이 지날수록 자괴감만 늘었다.

하루는 4명의 자매를 둔 지인이 공부방을 찾아왔다. 고등학생과 중학생의 아이가 있고 쌍둥이인 초등학생 딸들을 키우는 이였다. 겨울 방학을 맞아 도저히 힘들어서 한 공간에 같이 못 있겠다며 아이들을 데리고 공부방을 찾았다.

몇 시간을 머물렀던 지인의 얼굴에는 내내 행복한 미소가 가득했다. 천국을 만난 것 같다며 즐거워하던 지인은 조만간 또 오겠다며 신나 했다. 이렇게 즐거운 공간인데 왜 학생들에게는 받아들여지지 않을까 궁금했던 나는 구체적으로 무엇이 즐겁냐고 지인에게 물었고 그녀는 당연한 얼굴로 답했다.

"신나는 게 당연하잖아. 여기에서는 누구든 하루 종일 놀아도 되겠는걸!"

쿵. 가슴이 무너져 내렸다. 나는 공부방이라고 세팅을 했는데 알고 보니 놀이방이었다. 지인의 단호한 말에 나는 다시 한 번 눈을 크게 뜨고 공간을 둘러보았다.

정신을 차리고 둘러본 공간은 난잡하기 그지없었다. 덩치가 큰 중고등학생 아이들이 사용하기에는 앉은뱅이 탁자는 너무나 낮았다. 자리에 앉은 어린아이들은 자연스럽게 바닥에 드러눕거나 엎드리거나 또는 나뒹굴며 놀았고 덕분에 벽에 있는 칠판은 전혀 쓸모가 없었다.

화려한 미술품들이 가득한 유리 장식장은 아이들의 눈길을 끄는 데는 성공했으나 볼 것이 많고 흥미를 지나치게 끄는 탓에 요란하고 산만한 분위기를 만들었다. 여기에 더하여 커다란 TV 모니터와 오븐은 설명이 필요 없을 정도로 공간에 방해가 되었다. 아무리 둘러봐도 공부방이 아니었다. 미술 놀이, 요리 놀이가 가능한 실내 놀이터와 다름없었다.

결국 그날로 앉은뱅이 탁자는 치워 버리고 큰 책상과 의자로 대체한 후 오븐과 TV 모니터도 보이지 않는 곳으로 옮겼다. 초등 저학년의 어린아이부터 수능을 준비하는 고등학생까지 다 받아들이겠다고 생각한 것도 잘못이었음을 깨닫고 전단지도 다시 만들었으나 이미 마음의 상처가 너무 깊어 공부방을 운영할 여력이 남아 있지 않았다.

무엇보다 내가 힘들었던 점은 너무나 당연하게 내 아이들이 방치된다는 사실이었다. 내 아이도 잘 돌보자고 시작한 일인데 늘 남의 아이들의 뒷전에 놓아야 했다. 돈을 받고 약속을 한 이상 고객이 먼저였지 내 아이가 먼저일 수는 없었다.

그렇게 마음도 몸도 만신창이가 된 채 공부방을 닫고 돌아서며 다시는 창업 같은 건 하지 않겠노라고 결심했다. 그러나 그렇게 원천봉쇄를 해 버리는 것은 또 다른 상처를 야기할 뿐이다. 무엇이 잘못되었는지, 어디서 어떤 실수를 했는지, 다시 돌아간다면 어떤 것을 다시 바로잡을 것인지 치밀하고 냉정하게 분석했어야 한다. 창업 아이템이 잘못된 것이 아니라 내가 전혀 준비되어 있지 않았던 탓이다.

그렇게 나는 배움의 시기를 놓치고 또 다른 실수를 하러 발걸음을 옮겼다.

월급 받는
진짜 재택근무 시작

　　　　　어설프게, 그러나 나름대로 돈을 들여 창업했던 공부방을 접고 나니 그동안 까먹은 돈들이 고스란히 빚으로 남았다. 어떻게든 돈을 벌어 해결해야겠다는 의지가 활활 타오르며 월급쟁이로 안정적인 수입이 들어오는 재택근무 일을 찾기 시작했다.

　그렇게 선택했던 일은 완전한 재택근무 시스템이 적용되는 일로 온라인 프로그램을 사용하여 학생들의 학습을 도와주는 관리 강사직이었다. 일주일에 학생 한 명을 고작 몇 분 정도만 만나면 된다는 환상적인 조건에 마음이 끌렸다.

　이 일을 실제로 하고 있다면서 구인 공고를 낸 A와 연락을 주고받으며 계속해서 정보를 구했다. 왜 회사가 직접 구인 공고를 내지 않았을까 의심하지 않은 것이 첫 번째 실수라면 실수다.

이 회사에는 새로운 교사를 영입하는 기존 교사에게 꽤 가치 있는 물질적 포상을 하는 제도가 있었다. 이런 제도가 나쁘고 좋고는 문제가 아니다. 나에게 끼칠 영향력을 제대로 알았어야 했다. 공고를 올린 목적이 포상 획득이므로 객관적인 정보를 제공하기보다는 솔깃한 말로 꾀어낼 확률이 높다. 왜 회사가 직접 공고를 올리지 않고 직원이 이렇게 애쓰느냐는 질문을 구체적으로 했다면 좀 더 질 좋은 정보를 얻어 낼 수도 있었을 것이다.

일하는 조건은 다음과 같았다. 오후 2시부터 밤 10시까지 온라인 프로그램에 접속하여 학생들을 만날 것. 1시간에 최대 5~6명을 관리하는 것이 가능하다. 학생은 얼마든지 있으므로 원하는 만큼 배정받을 수 있다.

A는 학생을 원하는 만큼 많이 받아서 큰 수입을 올릴 수 있다는 의미로 한 말이겠지만 나는 전혀 다르게 알아들었다. 시간을 꽉 채우지 않고 관리 학생을 조금만 배정받는 것도 상관없나 보다. 일을 해서 수입을 늘리는 것도 중요하지만 육아와 살림을 등한시할 생각이 전혀 없었기에 일은 딱 필요한 정도만 할 생각이었다.

나 홀로 다 계획이 있었던 터라 하루에 두어 시간씩 관리를 중단해도 되는지 물었다. A는 물론 괜찮다고 시원하게 답을 해 놓고는 "그런데 그렇게 하시는 분은 거의 없어요."라고 덧붙였다. 왜냐고 묻자 "나들 일을 너무 즐거워하셔서요."란다.

즐거운 만큼만 한다. 이 얼마나 주관적이면서 아무 뜻도 없는 말인가. 이때는 뭐에 홀렸는지 세상에 열심히 하는 사람이 참 많구나, 나는 내 스타일대로 하면 되겠지 하며 무심히 넘겼다. 훗날 직접 겪은 그곳은 '그렇게 하시는 분이 없을' 수밖에 없는 환경이었다. 그렇게 하면 안 되는 게 암묵적인 룰이었으니까. 지금 돌아보면 A와 나는 서로 다른 목적을 가지고 완전히 엇나간 대화를 나누었던 셈이다.

이런 애매한 부분은 사소한 듯 보이지만 새로 일을 시작하는 사람들에게 커다란 좌절로 돌아오는 경우가 많다. 심한 경우 '속았다'는 느낌까지도 받을 수 있다.

직업을 고를 때의 문답은 추상적인 단어를 최대한 배제하고 객관적이고 확실한 사실을 위주로 이루어져야 한다. 애매한 부분은 체크해 두었다가 기회가 될 때마다 확인해야 한다. 잘못 이해하고 지나간 부분은 처음에는 사소해 보일지 몰라도 나중에는 일의 존속 여부를 좌우하는 큰 요소로 작용할 수 있다.

그렇게 A와 한없이 멍청한 대화를 나누는 동안 얻은 정보를 바탕으로 나는 나름대로 청사진을 그렸다.

2시부터 10시까지가 근무 시간이다. 3시쯤 유치원을 마치고 오는 둘째 아이를 데리고 와야 하고 그즈음 학교를 마치고 오는 큰아이의 간식도 챙겨야 한다. 두어 시간 업무를 중단하고 아이들을 챙긴 뒤 저녁 준비를 해 놓고 다시 업무를 시작하면 된다. 아이들을 충분히 돌볼 수 있으니 엄마 노릇 못 했다고 죄책감을 느끼거나 미안해할 일이 없다. 적당히 7시까지만 일하고 저녁 시간을 가지면 퇴근하고 온 남편의 저녁을 차릴 시간도 충분했다.

결국 하루에 서너 시간만 일을 하겠다는 말인데 이 생각도 문제지만 나는 내가 하려는 일의 특성을 완전히 무시한 오류를 범하고 있었다.

내가 관리해야 하는 학생들은 초등학생과 중학생 연령대였다. 실제로 학교를 마치고 와서 학원을 가기 전에 짬짬이 시간을 내서 관리를 받는 학생들이 대부분이었다. 나머지는 학원을 마치고 집에 귀가하여 저녁 식사를 하는 시간에 관리를 받는 것을 선호했다. 내가 내 가족을 챙기겠다는 이유로 일을 하지 않겠다고 설정한 시간은 사실상 학생들이 가장 많이 몰리는 인기 시간대인 것이다. 회사 입장에서 생각해 보면 가장 바쁜 시간만 빼고 적당히 일을 하겠다는 직원을 받아들일 리가 없다.

A에게 이렇게 할 수 있느냐고 물었더니 당황하는 기색이 역력했다. 신규 교사가 최소한으로 설정된 기간은 근무를 해 줘야 포상이 돌아오는데 다급했을 것이다. 일단 한번 시작해 보라는 애매한 A의 말을 나는 당연히 그렇게 할 수 있다는 말로 해석해 버렸다. 여기서부터 나의 재택근무를 향한 발걸음은 확실하게 꼬이기 시작했다.

가장 중요한 급여 정보를 물었다. A는 곧 개편될 거고 어쩌고 하며 즉답을 피했다. A가 유독 급여 부분에 대해서 시원스레 말하지 않고 이리저리 피하는 모습이 어째서 수상해 보이지 않았던 걸까? 돈을 벌어야겠다는 일념으로 덤빈 일이라서 그런지 급한 마음에 이성적인 사고 회로가 고장 난 모양이다. 내가 집요하게 묻자 A는 여태까지 공들인 게 아까웠는지 급여에 대해 상당히 왜곡된 정보를 알려 주며 다른 곳에 전달하지 말도록 신신당부를 했다.

누군가의 직업에 대해 급여를 묻는 것은 상당히 실례다. 정중하게 물었다 할지라도 바닥까지 드러내며 급여 정보를 제공하는 사람은 드물다. 대부분은 자신이 받는 급여 정보를 왜곡한다. 이때 제공되는 급여의 가장 낮은 액수의 기준은 최저 시급이다. 일단 최저 시급은 보장받는 게 기본이고 거기서 얼마나 더 받는지 못 받는지가 저마다가 생각하는 개인의 역량이 더해진 합당한 급여 기준이 된다.

사람들이 이렇게 행동하는 데에는 특별한 이유가 없다. 그저 그렇게 대답하는 것이 민감한 부분을 피해 갈 수 있는 가장 무난한 방법이기 때문이다. 결론적으로 급여 정보는 동료에게 물어볼 것이 아니라 고용 계약을 맺는 대상에게 정당하게 정보를 요청하는 것이 맞다.

돈 얘기를 꺼리는 고용주들도 더러 있다. 그런 이들은 고용인들끼리 정보를 주고받으며 대략 얼마쯤으로 알기를 바란다. 그러나 이는 매우 위험하고 불합리한 방법이다. 고용인이야 그만둬 버리면 그만이고, 고용주는 '난 그런 말을 한 적이 없다'고 피해 버리면 그만이다. 즉, 결론에 가서는 아무도 책임질 일이 없는 위험한 상황을 상당히 합리적으로 떠안게 된다.

나는 끝까지 뭔가 잘못되었음을 깨닫지 못한 채 A의 왜곡된 정보를 곧이곧대로 믿고 그대로 받아들였다. 계산해 보니 애초에 내가 원하던 액수보다도 더 충분했다.

금상첨화란 이런 것이다. 뭐 하나 손해 볼 게 없다. 시간도 자유롭고 포기할 것도 없고 금전적으로도 풍족해지다니. 이런 생활을 할 수 있다면 꽤 오랜 기간 동안 열심히 할 수 있겠다며 신나 했다.

조직 생활을 해 본 경험이 없어 제대로 몰라서 그랬다고 위안하고 프나 정말 그렇게도 기본 개념이 없었을까. 내 스케줄을 회사 담당자가 승인을 해 준 것도 아니고 통장에 급여가 입금된 것도 아닌데 마치 당장 모든 일이 성사된 듯 혼자 좋아했다.

기업은 결코 놀멍쉬멍하는 구성원에게 모든 편의를 다 봐주며 업무를 제공하고 급여를 지불하지 않는다. 조직이 구성원에게 요구하는 것은 능력을 최대치로 발휘한 상태에서의 최대 효율이다. 기업은 이를 통해 최대의 이윤을 남기고 합법적이고 공정한 과정을 통해 정당한 노동의 대가를 지불한다.

너무나 당연한 원칙을 무시한 채 무슨 근거 없는 자신감인지 나는 당연히 내 마음대로 업무를 세팅할 수 있을 것이라고 생각했다. 회사가 '재택근무'를 제시한 만큼 당연히 '집에 머무를 수밖에 없는 이유와 상황'도 받아들여 줄 것으로 믿었다. 경력 단절자에게 기회를 주려는 고마운 회사라고 여기며 제2의 인생을 시작해 보겠노라고 들떠서 하늘 높은 줄을 몰랐다.

기업이 개인에게 희생을 강요할 수 없듯이 구성원은 개인적인 사정을 시시콜콜 요구하며 편의를 봐줄 것을 요구할 수 없다. 이윤을 추구하기 위해 만들어진 곳을 따뜻한 자선 단체나 자아실현의 장소로 여기는 것은 불필요한 좌절을 불러온다. 누구 얘기겠는가. 내 얘기다. 처음부터 이 지경으로 잘못 채워진 단추가 끝까지 올곧게 갔을 리가 없다.

나에게 닥칠 일이 어떤 건지도 모르고 희희낙락하며 지원서를 내고 면접을 보고 입사 시험도 치렀다. 온라인 업무 프로그램 교육을 받으며 알게 된 동기 교사들과의 온라인 모임도 생겼다.

그렇게 내 인생의 첫 재택근무가 시작되었다. 열심히 일할 준비가 되어 있었던 만큼 업무 역량은 부족하지 않았다. 그러나 분명 전체적인 삶의 질은 급하락의 길을 걷기 시작했다. 이유는 단순하고도 분명하다. 공간의 경계를 제대로 짓지 못하고 제멋대로 넘나들며 혼란을 초래했던 탓이다.

허상과
현실

합격 통보와 함께 시작된 교육은 온라인 교육 관리 시스템에 관한 것이었다. 처음 접해 보는 거라 생소한 게 당연했으나 업무 자체에 대해서도 기존에 가졌던 기대와 다른 부분이 상당했다.

우선 학생들을 만나 지난 일주일간의 학습량을 점검하고 부족한 부분을 가르치는 것을 주 업무로 알았으나 실상은 달랐다. 가장 집중해야 할 일은 학부모 관리였다. 주 수입원인 학생이 이탈하느냐 마느냐는 부모의 결심에 달렸기에 회사는 일단 학부모의 마음을 잡는 것을 최우선순위에 두었다.

교사라고 허울 좋게 갖다 붙이긴 했지만 사실 이 일에서 요구되는 부분은 교습 능력이 아니라 학부모와의 매끄러운 소통을 이어 가는 수완이었다. 이 분야에서 성공하고 싶다면 가르치는 방법을 익히는 것보다 대인관계에 관한 기술을 익히는 게 나았다.

업무 이외에 육아와 살림도 책임저야 했고 상담사가 되기 위한 수련 과정까지 감당해야만 했다. 체력과 에너지가 극도로 한정되어 있었기에 우선 기를 쓰고 매달린 부분은 '기록에 익숙해지는 습관 만들기'였다.

기록하는 것은 모든 일의 기본이다. 중요해 보이지 않는 세부적인 내용까지도 업무에 관련된 일이라면 기록했다. 업무를 빠른 시간 내에 파악하기 위해서는 정보가 있어야 하는데 얻을 수 있는 곳은 실전 경험밖에 없으니 경험을 극대화시키기 위해서는 같은 경험을 몇 번씩 되살리는 환경을 세팅해야 했다. 기록을 수시로 검토하며 재경험화를 수행했다. 낯선 일에 익숙해지는 가장 쉽고 빠른 길이다.

재택근무뿐 아니라 새로운 업무를 시작하는 경우라면 우선적으로 다룰 부분과 천천히 가도 되는 부분을 빨리 파악해야 한다. 무조건 열심히 하겠노라는 열의와 열정만 갖고 덤볐다가는 뒤통수를 매우 세게 맞을 위험이 크다. 세상은 무작정 열심히 하는 사람을 배려하지 않는다. 일에는 반드시 우선순위가 있기에 에너지를 적당히 나눠서 쏟아야 한다.

어느 정도 업무에 익숙해지고 한숨 돌리는 때가 오자 문제점이 제대로 드러나기 시작했다. 분명 편할 것이라고 생각했고 일상생활에 지장이 많이 없도록 준비했는데 편하기는커녕 회사에 출근해서 일을 할 때보다 훨씬 힘든 상황들이 펼쳐졌다.

예측했던 많은 것들이 현실과 비슷하지도 않았고 겪기 전에는 몰랐을 미처 고려하지 못한 점도 많았다.

돈도 벌고 능력 발휘도 하고 더 행복하게 잘 살기 위해 선택했던 재택근무는 그렇게 나를 현실이라는 바닥에 힘차게 내동댕이쳐 주었다.

재택근무 생생 경험담
#1

화상 관리 교사 근무를 시작하기 얼마 전 온라인 업무 프로그램에 문제가 생겼다는 소식을 들었다. 회사에서 서버를 교체하는 과정에서 생긴 문제였는데 시스템이 멈추는 바람에 기존에 있던 교사들의 업무에 지장이 막대했다고 알려졌다.

무엇이 문제인지 모르는 상황에서 당장 온라인 시스템이 다운되자 몇몇 교사들은 자신들의 컴퓨터가 문제를 일으켰다고 판단했고 이를 만회하기 위해 개인 휴대폰을 사용하여 업무를 처리했다. 회사는 업무에 있어 개인 휴대폰을 사용하지 않는다는 방침을 미리 세워 두고 있었기에 얼떨결에 교사들은 회사의 원칙을 어긴 셈이 되었다.

휴대폰을 사용하여 업무를 처리한 교사들은 계속해서 그렇게 업무를 처리해 달라는 회원들의 요청에 시달렸고 이것만 해도 스트레스가 될 텐데 심지어 다른 교사들로부터 실적에 집착한다는 오해를 받아 원색적인 비난을 받기까지 했다. 갈등에 의해 다툼이 일고 퇴사하는 경우까지 생겨났다.

업무 시작을 앞둔 신입으로서 전해 듣기에는 이게 그렇게까지 심각하게 문제가 될 일인지 의아했다. 사실 온라인으로만 소통하는 근무 형태가 아니었다면 쉽게 해결될 수 있는 문제였다. 업무를 하면서 시스템에 오류가 생기는 것은 언제든지 있을 수 있는 일이며 이에 대한 대처 방안도 사람마다 제각각일 수 있다.

억울했던 관리 교사들은 회사의 원칙을 지키지 않을 수밖에 없었던 상황이었음을 호소할 대상이 필요했으나 어이없게도 호소를 들어 줄 대상이 없었다.

소통은 사람 대 사람이 나누는 행위이므로 회사 쪽의 누군가는 반드시 관리 교사들의 메시지를 지속적으로 듣고 있어야 했고 당연히 그러고 있을 줄 알았다.

형식적으로 존재했던 소통 루트는 회사에서 임명한 '중간 관리자'들이었는데 그들은 화상 관리 교사들의 관리자이면서 중간에서 회사와 직원을 연결하는 일을 맡는다고 알려져 있었다.

지켜본 바로 그들은 교사들에게 회사의 지침을 전달하는 일은 매우 충실히 했다. 동시에 관리 교사들의 메시지도 성실하게 회사에 전달했어야 하지만 사실상 그들이 하는 일은 관리라는 이름의 차단이었다. 결과적으로 소통의 루트는 꽉 막히다 못해 끊어진 모양새였다.

문제가 되었던 화상 관리 교사들은 회사의 규정을 어겼다고 비난받기 전에 업무를 열심히 하려고 했던 마음을 인정받고 싶었을 것이고 회사의 서버 교체 사실을 제대로 전달받지 못한 데에 대한 사과를 원했을 터였다. 감정적인 부분만 잘 어루만져도 갈등의 많은 부분이 해결될 텐데 왜 그렇게 하지 않는지 지켜보는 이들은 의아하고 답답할 뿐이었다.

이런 불통의 모습은 일하는 분위기에도 크게 영향을 미쳤다. 내가 저런 상황에 있어도 저렇겠구나 하는 불안감이 암묵적으로 지켜보던 모두에게 각인되었다. 잘 해결이 되는 것도 중요하지만 해결을 위해 회사가 적극적으로 노력하는 모습을 보여 주는 것이 중요한 이유다. 회사가 직원의 편에 서서 안위를 도모하고 있음을 느끼면 그만큼 안심할 수 있고 업무의 효율도 높아진다.

중간 관리자가 관리 교사들의 건의 사항이나 문의 사항을 철저하게 차단하고 있음은 퇴사를 준비하던 때에 우연히 알게 되었다. 평범하게 그만둔 게 아니라 개인 사정으로 업무가 불가능하여 긴급 퇴사를 한 경우였기에 퇴사 준비 기간이 짧은 만큼 회사에 어느 정도 피해를 끼치는 것을 피할 수 없었다. 덕분에 계약서에 명시된 급여를 다 지급할 수 없다는 통보를 받았다. 급여에 관계된 일이라 중간 관리자가 아닌 그 위에 있는 간부가 직접 연락을 해 왔다.

사실 그즈음에 돈 따위는 이미 안중에도 없었고 지칠 대로 지쳐 있었던 터라 '돈 안 받아도 되니 그저 당장 일을 그만두겠다'고 답했다. 흔치 않은 반응이었는지 아니면 이런 식으로 퇴사한 이들의 예후가 좋지 않았던 경험이 있는지 간부는 대뜸 회사에 대해 뭔가 불편한 점이 있느냐고 물었다.

회사의 처우나 내가 맡은 업무에는 불만이 전혀 없었다. 공간을 제대로 분할하지 못하고 재택근무에 대해 잘못 인식했던 것은 전적으로 내 잘못이다. 그러나 그동안 겪었던 중간 관리자의 잘못된 대처와 불통은 한번 짚고 넘어갈 만한 일이라 떠나는 마당이니 한번 허심탄회하게 이야기를 해 보는 것도 괜찮겠다는 생각이 들었다.

나는 그동안 겪은 중간 관리자의 문제점에 대해 이야기하며 아울러 왜 화상 관리 교사들의 퇴사율과 이직률이 높은지 그리고 보완할 점은 없는지 한번 점검해 보시라고 했다. 전혀 기대하지 못했던 이야기를 접한 간부는 당황해하며 회사의 입장이 어쩌고 하면서 설명인지 변명인지를 늘어놓기 시작했다. 듣다 보니 중간 관리자에 대한 관리가 전혀 이루어지고 있지 않았다. 한 달에 한 번 정도는 중간 관리자와 관리 교사들 간의 원색적이고 위협적인 다툼이 반드시 있곤 했는데 무슨 일이 있었는지 전혀 모르고 있는 상급 관리자의 모습에 너무나 어이가 없었다.

깨달은 점 : 재택근무 시 온라인 소통은 매우 중요하지만 간단하고 편리한 만큼 차단과 왜곡도 쉽다.

온라인으로 업무를 보는 경우에는 대화하는 상대방의 반응에 대해 추측이나 감정을 싣는 것을 절대적으로 삼가야 한다. 사람인 이상 그 순간 기분 상태에 따라 상대방의 메시지가 매우 주관적으로 해석될 수 있기 때문이다. 동쪽에서 뺨을 맞고 서쪽으로 가서 화풀이한다는 말이 있듯이 그 순간 나의 컨디션에 의해 상대방의 의도가 좌지우지되는 것은 때로는 상당히 위험하다. 또한 재택근무를 시행하고 있는 회사의 관리자나 사업주는 그 누구보다도 느긋하게 있어서는 안 된다. 직원들 간의 평행적인 소통이나 상급 관리자들과 직원들 간의 수직적인 소통에 있어 갈등이 있을 경우, 다급한 나머지 소통을 차단하는 우를 범하지 말고 적극적으로 해결하려는 모습을 보여야 한다.

　중요한 것은 해결의 여부가 아니라 그렇게 노력하는 모습을 보여주는 것이다. 갈등이나 다툼은 누구나 겪는 것이기에 암묵적으로 해결해야 한다는 의무감을 모두 갖게 된다. 어떤 주체가 나서서 어떤 분위기를 조성하는지가 궁극적으로 상황이 해결된 이후의 반응을 좌우한다.

재택근무 생생 경험담
#2

원래 모임이란 결성되었던 초기의 목적이 달성되고 나면 사라지는 것이 원칙이다. 지속적인 친목 도모나 장기적인 목적을 가지고 있다면 모를까 소통의 이유와 존재 명분이 불확실한 모임은 시간이 지날수록 불편함으로 남는다.

온라인 모임은 스마트폰과 손가락 터치 몇 번만 있으면 만들어진다. 얼떨결에 생성된 모임에서 언제까지 머물러야 하는지, 어떤 시기에 적절하게 끊고 나와야 하는지 고민하게 되는 경우가 많은데 가치를 두지 않고 과감히 없애 버리는 이들도 있지만 애매하게 질질 끌게 되는 경우도 상당하다.

교육을 함께 받은 동기들과의 온라인 모임이 내게는 딱 이런 애매한 경우에 해당했다. 실제적인 협업이 요구되는 바가 전혀 없었기 때문에 같은 회사에서 똑같은 일을 함에도 불구하고 업무적으로 서로 도움이 되는 부분은 거의 없었다. 공통되는 주제나 관심사가 없고 업무에 도움이 되는 점도 없어 말 그대로 '그냥' 있는 공간이었다. 가끔 학부모와의 상담에서 트러블이 생기거나 중간 관리자 때문에 스트레스를 받는 일이 생기면 이를 풀어내며 공감과 위로를 원하는 이들도 있었으나 협업이나 분업이 이루어지지 않는 매우 개인적인 업무인 탓에 진정한 공감이 일기는 힘들었다.

공감을 이끌어 내고 싶거나 뭔가 기대하는 결과가 있는데 딱히 결실이 없으면 사람들은 무의식적으로 자신의 행동에 설명을 덧붙이거나 심지어 과장하려고 든다. 동기들과의 온라인 모임에서도 마찬가지였다. 누가 뭐라 할 상황이 아니면 누구도 나서지 않는 것이 온라인 대화의 특징인데 이를 견디지 못하고 뭔가 반응을 끌어내려는 자극적인 분위기가 만들어지기 시작했다.

아마도 구성원 대부분이 사회생활을 해 본 경험이 거의 없거나 또는 상당히 오래되어서 온라인 모임에 익숙하지 않은 탓인 듯했다. 분명히 공적인 목적인 업무를 위해 만들어진 공간이므로 업무 이외의 사담은 자제해야 하는 것이 당연한데 사적인 대화와 같은 친근한 반응이 없는 분위기가 어색했던 몇몇 동기 교사들은 갈팡질팡했다.

단순한 업무상의 성가심도 매우 과장된 표현과 만나 큰 갈등처럼 묘사되었고 툭 털고 지나갈 만한 일도 격렬한 호소로 이어지곤 했다.

급기야 루틴처럼 자신의 힘듦을 주기적으로 보고하고 호소하는 이들이 하나둘 늘어 가기 시작했다. 안 그래도 불편한데 계속 이런 모습을 보고 있어야 하나 고민이 되던 차에 문득 그렇게 과장되게 호소하는 모습을 따라 하는 이들이 많음을 깨달았다. 생각 없이 따르다 보면 저렇게 과장하는 모습을 일을 상당히 열심히 하는 중으로 오해할 수도 있겠다는 생각이 들었다. 집에서 살림만 했다고 얘기하는 전직 전업주부들이나 사회 활동 경험이 현저히 적은 사회 초년생들이 이런 모습에 잘 빠져드는 경향이 있었다.

그냥 그런 사람들이구나 하고 넘어갈 수도 있었겠지만 문제는 수시로 그런 메시지를 보고 있자니 마치 내게도 그런 일이 생길 것 같은 불안감이 생긴다는 점이었다.

결과적으로 퇴사할 때까지 온라인 모임에서 이슈가 되곤 했던 업무상의 불상사는 내게는 한 번도 일어나지 않았다. 온라인 모임이 아니었으면 그런 사례들이 있다는 사실을 몰랐을 테지만 생기지 않을 일에 대한 쓸데없는 불안을 느끼는 일도 없었을 것이다. 과장된 모습임을 알고 있더라도 주기적으로 부정적인 이야기를 듣다 보면 저도 모르는 사이에 세뇌가 된다. 애초에 부정적인 말을 끊임없이 내뱉는 사람이나 그런 분위기에 발을 들이지 말아야 하는 이유다.

깨달은 점 : 온라인 소통에 있어 공석 관계 이외의 부분은 신중하게 선택해야 한다.

사회에서 업무적으로 맺는 관계와 사적인 관계를 구분 짓지 않으면 자칫 매우 곤란한 상황에 처할 수 있다.

친구와 직장 동료는 엄연히 출발점이 다르기에 대면 업무에서도 그렇지만 특히나 온라인에서 업무로 만나는 관계는 사적으로 친분을 쌓을 필요가 없는 경우가 대부분이다.

일반적으로 직장 동료와의 온라인 모임은 친분이나 사교성 증진이 아니라 업무에서 감당하기 힘든 일이 생기거나 했을 때 정보를 교환하고 도움을 주고받겠다는 목적으로 만들어진다. 이 목적에 부합하지 않는 모임이 있다면 유지할 이유가 없고 어쩔 수 없이 참여하고 있어야 한다면 처음부터 끝까지 주변인으로 남는 것이 현명하다.

주변인으로 남는 데에는 과하지도 모자라지도 않은 리액션 기술이 필요하다. 분위기에 맞는 영혼 없는 맞장구와 으레 그런 상황에 나올 만한 상투적인 격려 인사 정도로 존재감만 알리는 게 가장 적당하다. 지나치게 존재감을 드러내거나 목소리를 내지 않도록 해야 한다.

재택근무 생생 경험담
#3

　　　　　　　　재택근무를 위해 회사에서 제공한 물품 중
에는 앉아 있는 사람이 완전히 가려지는 크기의 병풍 스타일의 파티
션이 있었다. 바깥이 어떻게 생겼는지 알 수 없도록 완벽히 차단할 수
있었고 덕분에 화상 관리 화면에 나오는 배경 화면은 하얗고 깔끔하
게 보였다.

　본격적인 재택근무가 시작된 직후부터 가족들의 협조가 제대로 이
루어지지 않는다는 하소연이 자수 들려오기 시작했다. 어린 아기를
키우는 한 관리 교사는 가족 구성원이 잠시 화장실을 간 사이 기어 온
아기가 잡아당기는 바람에 파티션이 넘어지는 사고가 있었고, 한참
관리 수업 중인데 자신들이 필요한 사항을 당장 알리려는 목적으로
파티션을 두드리며 함부로 말을 거는 가족 구성원들 때문에 화가 났

다는 하소연도 있었다.

백수라는 이유로 가족들이 모두 출근을 한 후 집에 있으면서 반강제로 살림을 도맡은 채 지내던 미혼의 동기 교사가 있었다. 재택근무 일을 찾았다고 하자 가족들은 너무나 잘했다며 기뻐했다. 난생처음 효도한 것 같다는 뿌듯함을 전한 지 얼마나 되었을까, 아무래도 일을 그만두든가 아니면 집에서 나가야 될 것 같다며 우울해했다.

동기 교사는 일 욕심에 두 시간씩 업무에 집중한 후 10분간 쉬기로 스케줄을 잡았다. 가족들은 이를 전혀 이해하려 들지 않았고 다들 아침에 출근을 하면서 당연한 듯 동기 교사에게 집안 관리를 맡겼다. 오래 끓이는 국을 불 위에 올려놓고 나가면서 시간 맞춰 불을 끄라고 당부를 하고 새로 산 물품이 배송되면 매우 중요한 것이니 꼭 확인하고 받아 놓으라고 했다. 심지어 무슨 요일에는 집이 속한 건물의 소독이 있으니 작업을 확인하고 서명을 해 주라고도 했다.

자신이 하는 일은 일단 한번 시작하면 끝날 때까지 자리에서 움직일 수 없는 일임을 설명했으나 "잠깐인데 뭘 그래."라면서 아무도 들어주지 않았다. 집에서 하는 '그까짓 일'로 뭘 그리 유난을 떠느냐는 말도 들었다.

확실히 이 교사의 경우에는 가족들에게 정확히 설명하고 업무 공간을 인정해 줄 것을 약속받든가 아니면 독립된 공간으로 옮길 수밖에 없어 보였다. 마지막이라고 생각하고 부모님과 형제들에게 자신이 하는 일을 구구절절 설명했으나 어이없게도 돌아온 말은 "그럼 집에서 일하는 장점이 하나도 없잖아."였다.

거실에 업무 공간을 마련했다가 호되게 데인 교사도 있었다. 중학생 자녀를 둔 엄마인 그녀는 아이들에게 전자파가 좋지 않다는 생각에 진작부터 컴퓨터나 TV를 거실에 배치해 둔 상태였다. 업무를 보기 시작한 후로 별생각 없이 컴퓨터가 놓인 거실이 그녀의 일터가 된 셈인데 얼마 지나지 않아 가족들의 격렬한 항의를 받게 되었다. 남편은 퇴근하고 와도 거실에서 누군가 업무를 보고 있는 모습에 집이 전혀 집같이 느껴지지 않는다며 스트레스를 호소했고 자녀들은 친구를 데려올 수도 없고 컴퓨터도 사용할 수 없으며 TV조차 마음대로 볼 수 없는 현실에 짜증을 냈다.

불편하기는 교사 본인도 마찬가지였다. 파티션 바깥에서 누군가가 부스럭대는 소리를 들으면 불안했고 수시로 초인종 소리가 나거나 문이 열리는 등 산만한 환경이라 일에 집중하는 것이 불가능했다.

이 교사의 경우에는 아이들이 어느 정도 컸기 때문에 업무 공간을 방으로 옮기고 개인용 컴퓨터를 마련하는 것으로 문제를 해결할 수 있었다. 아이들은 엄마가 일하는 시간에는 자기들끼리 간식을 챙겨 먹고 학원도 알아서 가기로 약속했고 대신 TV를 보거나 자신들의 활동을 하는 데 대해서는 간섭하지 않도록 조건을 걸었다.

그렇게 밀고 당기며 협상을 한 결과 교사는 일에 집중할 수 있는 환경을 조성하는 데 성공했다.

깨달은 점 : 재택근무 시 가족 구성원들의 동의와 이해는 옵션이
아니라 필수 사항이다.

집에서 일하는 것은 벼슬이 아니지만 일상에 얹어지는 기타 옵션도 아니다. 업무 공간과 주거 공간은 분리되어야 하고 업무 공간으로 정해진 곳은 존중받아야 한다.

혼자 거주하는 이의 경우 재택근무를 위한 업무 공간을 구성하는 것은 퍽 수월할 수 있다. 사용할 수 있는 공간을 정해서 나눠 놓고 경우에 닿는 만큼 업무 공간으로 세팅하면 된다. 스스로 이 경계를 잘 지키면 크게 문제 될 것은 없다.

그러나 다른 이들과 함께 살면서 재택근무를 하려면 구성원들의 배려와 이해가 반드시 전제되어야 한다. 물론 집이란 정말로 집다워야 하는 절대적인 이유를 가진 공간이기에 구성원들이 이해하고 배려해 준다고 해서 그들의 사생활을 침해하는 것이 당연하지는 않다.

재택근무는 집에서 하는 일이므로 당연히 집안일과 병행될 수 있어야 한다고 여겼던 동기 교사의 가족들이 바로 재택근무를 평범한 일상에 얹어지는 기타 옵션으로 오해한 대표적인 경우다.

재택근무를 하는 사람은 집에 거주하고 있지만 업무 이외의 그 어떤 다른 의무로부터도 자유로워야 한다. 일을 하면서 집안일을 챙기든 집안일을 챙기면서 일을 하든 어쨌든 일을 옵션으로 취급할 것이라면 재택근무를 시작해서는 안 된다.

출퇴근에 대한 부담이 없기에 교통비와 시간을 아낄 수 있고 익숙한 공간이 주는 편안함이 있다는 점 이외에 재택근무에 기대할 만한 구체적인 장점은 없다고 생각하는 편이 차라리 낫다.

재택근무 생생 경험담
#4

갖가지 시행착오를 겪으며 적응해 가는 이들을 지켜보면서 나는 슬슬 뭔가 단단히 잘못되었음을 깨닫고 있었다. 나름대로 계획을 다 세워 놓았건만 관리 교사 일을 시작한 후 생활은 점점 더 뒤죽박죽이 되고 있었다. 어설프게 계획하고 세팅해 놓은 재택근무 환경은 아무리 생각해도 딱히 해결책이나 개선 방법이 없었다.

심적으로 가장 힘들었던 것은 파티션을 사이에 두고 다섯 살이었던 둘째 아들이 완벽하게 방치되는 모습을 지켜보아야만 하는 현실이었다. 아이는 형, 누나들을 위해 엄마가 책을 읽어 주고 웃으면서 이야기하는 것을 부러운 마음으로 듣고 있어야 했다. 가끔 파티션을 열고 업무 공간으로 들어오려는 아이를 혼내며 엄마가 일을 할 때는 부르거나 찾지 않도록 교육시켰다. 아이 입장에서는 얼마나 억울했을까. 엄마가 뭔가 업무를 보고 있음을 이해하고 받아들이기에 다섯 살은 너무나 어린 나이였다.

파티션으로 가로막힌 공간 너머에 있는 엄마를 바라보기만 하던 아이는 나름대로 세상을 채우는 방법을 터득했다. 방해하지 말라고 엄마가 쥐어 준 게임기와 TV가 아이의 친구가 되었다. 전자기기에 빠진 아이들은 얌전하고 조용한 시간을 보내기 때문에 양육자들은 문제가 얼마나 심각한지 나중에서야 깨닫게 된다.

공부방을 엉망으로 운영하면서 남의 아이를 챙기느라 내 아이를 제대로 챙기지 못하는 현실이 너무나 가슴 아팠는데 똑같은 실수를 이번에는 더 심하게 저지르고 있다는 것을 까맣게 몰랐다.

아이를 그렇게 방치한 결과가 얼마나 무섭게 다가올지도 모른 채 일단 나를 귀찮게 하지 않는 환경에는 더 이상 신경을 쓰지 않았다. 변명이지만 괴로운 환경만 해도 넘쳐 났기에 이외의 것을 세심하게 들여다볼 여력이 없었다.

마음도 마음이지만 더욱 감당할 수 없었던 부분은 급속도로 바닥을 드러내기 시작한 체력이었다. 아픈 것도 사치였다. 아침에 아이들을 학교와 유치원으로 보내고 나면 시간은 빛의 속도로 흘러갔다. 분명히 오전에는 쉬려고 했었는데 오전에 할 일이 더욱 많은 것이 아이러니였다.

아이들의 간식과 남편의 저녁 식사 거리를 미리 준비해 두어야 했다. 혹 직접 만들지 않고 사 두거나 반(半)조리 식품을 마련해 둔다 해도 도깨비방망이가 있어 뚝딱하고 생겨나지는 않는 한 시장을 다녀와야 했고 꼭 그렇지 않더라도 어디서 무엇인가는 해야 했다. 청소는 미룬다고 해도 빨래는 해 놓아야 입을 옷이 생기기에 무작정 쌓아 둘 수가 없었다. 아이의 유치원에서는 주마다 무슨 행사가 있어 준비물을 챙겨 주어야 했고 집안 어른들의 생신이나 외며느리로서 도맡았던 제사는 왜 그리 주말을 피해서 자리 잡고 나를 기다리는지. 게다가 사설 상담소에서 인턴 상담사로 수련 중이었기에 연구 보고서를 써야 했고 자격증 공부를 위한 스터디 과제도 제출해야 했으며 주말에는 각종 사례 발표회나 워크숍도 참석해야 했다.

무슨 생각을 할 틈도 없이 시간과 스케줄에 쫓겨서 지냈다. 잠깐 앉아 쉰다거나 제대로 식사를 할 시간도 없었고 아이를 데리러 갈 시간이 되어 헐레벌떡 뛰어나가기도 여러 번이었다. 환절기에 아이가 감기에 걸려도 환자가 몰려 오래 기다려야 하는 곳이 소아과인지라 업무 시간에 못 맞출까 봐 마음 놓고 데리고 갈 수가 없었고 내 몸이 아파도 병원은 엄두도 못 냈다.

가뜩이나 공부방을 접고 나서 제대로 마음을 치유할 시간도 없었는데 더더욱 엉망이 되어 가는 시간을 감당하자니 우울감은 하늘을 찌르고 체력은 바닥을 치다 못해 뚫고 내려갔다.

이번에는 제대로 해 보자고 선택했던 재택근무 생활은 나뿐 아니라 가족들의 생활도 엉망으로 만들었다. 아이들은 말할 것도 없고 남편도 극도의 스트레스와 화로 가득 찬 아내를 감당해야 했다.

지금은 고등학생이 된 큰아들과 남편은 당시를 살얼음판을 걷는 생활이었다고 회상한다. 괜찮으냐고 묻는 게 겁날 정도였다. 암만 봐도 괜찮아 보이지가 않는 모습을 하고서는 괜찮다고 답하며 더 물어보면 불같이 화를 냈다.

그럴 수밖에 없었다. 더는 실수하면 안 된다는 생각에 어떻게든 그 길이 맞는다는 것을 나 자신에게 증명하고 싶었다. 잘못 세팅되었음에도 불구하고 왜곡된 공간을 꾸역꾸역 지키는 것만이 옳다고 믿고 다 감당했다. 그래야만 좋은 엄마로, 좋은 아내로, 또 훌륭한 사회인으로 기능하는 것이라 믿었다. 이러다 보면 언젠가는 적응하겠지, 다 처음에는 이렇게 힘들게 시작하는 거니까. 달래고 타협하려 애썼으나 올바른 적응의 과정에는 반드시 수정과 보완이 포함된다는 점을 무시했다.

분명히 계획을 세울 때는 모든 것이 오차 없이 완벽해 보였는데 어째서 이렇게 된 걸까. 무리한 스케줄로 몸살이 나는 것도 가족 간에 갈등이 생길 것도 예측하지 못했고 구체적으로 일하는 시간에 아이를 어떤 공간에서 어떻게 돌볼 것인지, 적절하게 휴식을 갖는 시간은 언제가 될지도 전혀 고려하지 않았다.

몇 달 후 일도 살림도 육아도 모두 망가진 상태로 무엇보다 중요한 건강까지 잃은 채 우연히 둘째 아이가 그려 놓은 그림을 들춰 보던 나는 간신히 붙들고 있던 끈을 놓치고 와르르 무너지고 말았다.

처음 보는 둘째 아들의 그림들이 의외로 너무나 익숙했다. 미술 치료를 공부하면서 수없이 접했던 마음이 아픈 아이들의 그림과 어쩌면 그렇게도 똑같은지. 황폐해질 대로 황폐해진 둘째 아이의 마음을 들여다보며 그동안 내가 했던 모든 실수를 인정하고 모든 것을 재정비하기로 마음먹었다.

다른 건 몰라도 내 아이만큼은 확실히 제자리로 돌려놓고 말겠다며 굳게 결심했다. 그러나 결심한다고 해서 망가질 대로 망가진 몸과 마음이 쉽게 회복될 리도 없거니와 그동안 망쳐 놓은 공간과 시간들이 알아서 사라져 주는 것도 아니었다.

극도로 건강을 해친 탓에 결국 일은 그만두었고 일 년에 딱 한 번 있는 상담사 시험은 접수 등록조차 하지 못한 채 그렇게 나는 인생 재정비를 시작해야 했다.

> 깨달은 점 : 재택근무를 하면서 살림(집안 관리)과 육아를 병행
> 하는 것은 불가능하다.

그렇게 준비한다고 애를 썼는데도 내가 재택근무를 제대로 해내지 못한 까닭은 간단하다. 아무것도 포기하려 하지 않았기 때문이다. 하나도 버리지 않고 다 부여잡고 있었기에 그 무게는 태산과도 같았다. 문제를 해결하기 위해 상황을 재정비하는 데에는 버릴 것과 남길 것이 반드시 있다.

낑낑대며 힘을 소진하면서 끝까지 놓지 못한 것은 완벽한 엄마와 아내가 되어야 한다는 강박, 즉 육아와 살림에 대한 집착에 가까운 의무감이었다.

좀 놓았어야 했다. 어느 정도는 주변의 도움을 받고 그렇지 못할 것

이라면 과감히 놓을 부분을 가족들과 협의해서 선택했어야 했다.

혼자서 모든 것을 감당하려는 사람을 흔히 슈퍼우먼 증후군 또는 슈퍼맨 증후군에 시달린다고 표현한다. 스스로 초인적인 능력을 가졌다고 착각하는 경우다. 이런 종류의 사람들은 딱 죽을 것 같은 상황이 와도 죽을지언정 도움은 요청하지 않으며 지속적인 감정 소모와 번 아웃이 와도 자신을 방치한다. 그러면서도 모든 것을 다 잘 해내려는 상태를 유지하기에 결국 상처만 남긴 채 상황을 접게 된다.

재택근무뿐 아니라 삶에 변화를 주는 어떤 시기를 겪게 된다면 반드시 객관적으로 검토하고 자신의 능력과 한계치를 알고 있어야 한다. 무작정 의지와 정신력으로 해내겠다는 말은 섶을 진 채 불에 뛰어들어서 살아남겠다는 말과 다르지 않다.

재택근무 생생 경험담
#5

COVID-19 대유행 덕분에 집에 머무르고 있지만 더 이상은 초보자가 아니기에 효율적인 재택근무의 시간을 보내고 있다.

마음을 그렇게 아프게 하며 많은 깨달음을 주었던 막내아들은 현재 어엿한 초등학생이 되어 건강하게 자라고 있다.

아이들이 입는 마음의 상처는 되도록 빨리 발견해서 적극적으로 치료를 시작해야 한다. 말랑말랑하기에 빨리 손을 쓰는 만큼 회복되는 속도가 빠르고 예후가 좋다.

많은 실수를 겪은 덕분에 나의 업무 공간과 일상생활 공간은 원칙대로 완벽하게 분리되어 있고 휴식도 적절히 보장되어 있다.

처음부터 이렇게 할 수 있다면 좋았겠지만 세상에는 겪어 보기 전에는 모르는 일이 분명히 있으며 말만 듣고 완벽하게 행하기가 불가능한 경우도 많다. 자신의 스타일을 확실히 알기 전까지 지나친 확신이나 맹신은 금물이다.

재택근무에서 가장 힘든 것은 아무래도 일과 휴식의 경계가 모호하다는 점이다. 아무리 업무 공간을 잘 분할하고 세팅해 놓아도 사람은 기계가 아니기에 한 번씩 틀 안에서 빠져나가는 때가 있기 마련이다.

나는 집에서 일을 하는 것보다 힘들더라도 출근해서 일을 하는 것을 선호한다. 외부에서 일을 하면 몸의 한계를 잘 느끼지 못하고 집중하다가 체력을 모두 소진하곤 하는데, 힘들기는 하지만 성취감도 크고 업무량도 상당하다. 그러나 집에서는 그만큼의 집중력을 발휘하지 못하고 늘 들이는 시간에 비해 업무량이 현저하게 적다. 아직 재택근무가 완전한 습관이 될 만큼의 시간이 지나지 않아서라고 위안은 하지만 마음이 늘 불편하다.

상담사로서의 재택근무는 말 그대로 온라인 프로그램으로 이루어지는 상담 활동이다. 말은 입으로 나온 후 몇 분 후에는 흔적도 없이 사라지기에 상담을 하면서 메모를 하는 것은 필수다. (내담자의 동의하에 녹음을 하는 경우도 있지만 녹음 내용을 들으며 다시 기록을 정리하는 것은 시간이 많이 걸리고 번거로우므로 상담 주제가 중하거나 특수한 경우를 제외하고는 사용하지 않는다.) 상담이 시작되면 손은 종이 위에서 빠르게 움직이고 눈과 귀는 내담자에게 집중된다.

메모와 경청을 동시에 하려면 많은 에너지와 집중력이 요구된다. 이런 상담을 연달아 하고 나면 매우 피곤한데, 잠깐 쉴 생각으로 소파나 침대에 푹 하고 엎드렸다가는 말 그대로 시간이 순간 삭제되어 다음 상담 시간을 놓치는 사고가 생길 수도 있다. 외부에서 일을 하면 아예 그렇게 쉴 공간이 없으므로 염려할 부분이 아닌데 집에서는 유혹을 이겨 내기가 쉽지 않다.

푹신한 곳에 몸을 던져 쉬고 싶은 욕구를 정신력으로 버티는 것은 이성으로 본능을 통제하려는 극도의 노력이 필요하다. 그보다는 실수나 사고를 방지할 수 있는 단순한 원칙을 세우거나 그런 환경을 조성하는 것이 더 낫다.

퇴근 후 옷을 대충 걸어 두는 습관을 고치기 위해 침대 위에 옷걸이를 마구 어질러 놓고 출근한다는 이가 있었다. 쉬긴 쉬어야겠으니 침대 위의 옷걸이를 치워야 하는데 그냥 치워 버리느니 입고 있던 옷을 벗는 김에 거는 것이 더 나았고 그렇게 정리하는 습관을 들일 수 있었다. 듣고 보니 정신력으로 욕구를 이겨 내는 것보다는 귀찮음을 유발하는 것이 훨씬 합리적이라는 생각이 들었다.

나도 한번 해 보자는 생각에 업무가 있는 동안에는 과감히 휴식 공간을 없애 버리는 방법을 택했다. 거창한 일은 아니었다. 그저 업무가 이루어지는 시간 동안 소파나 침대 등 조금이라도 눕거나 몸을 기대어 쉴 수 있는 자리를 가방과 외투와 각종 잡동사니로 채워 두면 되었다. 일부러 힘을 들여 하나씩 치우고 정리하지 않으면 안 될 정도로 만들어 두는 것이 목표다. 결과는 매우 만족스러웠다. 정신력을 운운할 필요도 없었다. 그저 잡동사니들을 치우기가 귀찮고 불편했기에 의자에 앉아서 다음 업무를 준비하는 게 더 나았다. 작은 변화인데도

의외로 매우 효과적이었다.

재택근무 환경 구성에 있어 자신의 습성과 특성을 잘 파악하고 있는 것은 언제나 이점이 된다. 모든 것에 우선하여 귀찮음이 늘 승리한다는 점을 알게 된 이후로 이를 토대로 실수를 보완할 수 있는 단순한 습관을 가지는 것이 가능했다.

깨달은 점 : 업무 공간의 세팅뿐만 아니라 어떤 주관적인 환경을 조성해야 한다면 가장 먼저 해야 할 일은 타인의 공간을 참조하는 것이 아니라 나의 스타일을 먼저 파악하는 것이다.

재택근무 생생 경험담
#6

COVID-19이 본격적으로 유행하기 직전까지 두 권의 책을 출간했다. 그때까지 글을 쓰는 작업은 주로 주말에 집 앞에 있는 카페에서 이루어졌는데 단시간에 바짝 집중하기 위해서였다. 집은 아늑하고 편한 공간이라 체력이 조금만 떨어져도 바로 쉴 수 있어서 외부 공간에 비해 집중력이 떨어지는 부작용이 있었다. COVID-19 덕분에 지금 쓰고 있는 이 책은 예상보다 훨씬 긴 기간 동인 끝내지 못하고 붙들고 있는 중이다. 확실히 집에서 내가 일에 집중할 수 있는 시간은 카페와 같은 외부 공간보다 짧다. 겪어 보지 않았으면 몰랐을 일이다.

책도 빨리 끝내고 싶은데 하필 맡고 있는 온라인 강의에서 필요한 교안을 만들어야 하는 업무가 생겨 시간이 부족한 적이 있었다. 우선순위를 정하자면 강의 교안을 제작하는 일이 먼저지만 모두 빨리 끝내고 싶은 마음에 나름 야근을 시도해 보기로 했다. 밤을 새워 작업을 해서 시간적인 이득을 볼 수 있다면 그 고생스러운 하룻밤이 상당히 가치 있을 것 같은 계산이 생겼기 때문이다.

한 2~3일 밤낮없이 일에만 매달려 본 결과 이른바 재택 야근이 상당히 어리석고 위험한 생각임을 알 수 있었다. 업무 시간과 개인 시간의 구분이 사라지면 일과 생활의 구분도 모호해지고 실제로 업무를 한 시간에 비해 피로가 몇 배로 몰려오는 부작용이 생긴다.

한 방에 해결하는 것은 언제나 어느 정도의 위험이 포함되어 있다. 밀린 일을 털어 내고자 한 번쯤 야근을 할 수는 있지만 야근이 계속되면 효율적인 업무가 불가능해진다.

재택근무도 마찬가지다. 사무실로 출근할 경우 야근을 하고 나면 집에서 쉴 수 있지만 재택 야근이 지속되면 그 어디에서도 쉴 수 없는 괴로운 상황이 생긴다.

COVID-19으로 인해 사회적 거리두기가 1단계부터 3단계까지 오르락내리락하면서 2020년 한 해의 일상은 다이내믹한 변화를 거듭했다. 대학교에 있는 상담센터에 출근하여 마스크 쓴 채 학생들을 만나는 날이 있는가 하면 확진자가 나왔다는 소식에 출근할 기약 없이 집에 들어앉아 온라인 화상 프로그램으로만 학생들을 만나기도 했다. 환경 관련 협회에서 맡고 있는 자격증 강의를 위해 5시간씩 마라톤 강의를 하다가 급작스럽게 모두 취소되어 무료하고 멍한 하루를 보내기도 했다.

이런 와중에 온라인 집단 상담과 같은 일거리가 생기면 기쁜 마음에 야근도 불사하게 되는 경우가 있었는데 신경 써서 조심해야 할 부분이었다. 재택 야근을 받아들이더라도 이것이 스스로 가지고 있는 원칙에 얼마나 어긋나는지를 반드시 인지하고 있어야 조절할 수가 있었다. 힘들 것을 뻔히 알면서도 일을 할 수 있는 게 반가워서 무리를 하거나 경계를 넘어가 버리면 두 번 다시 같은 일을 할 엄두가 나지 않는 거부감이 생겼다.

재택근무 기간이 길어지면서 신경 써서 반드시 지키는 철칙 중 하나는 집에 있어도 출퇴근 시간과 업무 시간 및 휴식 시간은 정확하게 구분하는 것이다.

일하는 시간과 식사 시간, 휴식 시간은 각각 분리되어 있고 조금도 겹치지 않는다. 가끔 상담이 취소되어 한 시간씩 쉬는 시간이 생겨도 되도록 업무 공간을 벗어나지 않는 것을 원칙으로 한다. 집안일이 밀려 있거나 잡다한 잔업이 신경 쓰여도 마음을 다잡고 다음 상담을 준비하거나 지나간 상담 내용을 정리하는 일만 한다. 업무 시간에는 업무에 관련된 일만 하고 무리하다 싶은 스케줄이 있는 다음 날은 반드시 휴식을 취한다.

깨달은 점 : 재택 야근은 적당히 한다. 재택근무일지리도 업무 시간과 개인 시간은 반드시 구분해야 한다.

둘째가라면 서러울 집순이로 재택근무라면 질색을 하는 지인이 있다. 회사에서도 늘 어떻게 하면 일을 빨리 끝내고 쉴까를 고민한다. COVID-19 대유행이 시작된 후 사업주가 재택근무 시스템 도입을 고민하는 것 같아 불안하다. 그나마 회사에 출근을 해서는 업무를 하게 되는데 집에서는 스스로 다잡을 자신이 전혀 없다며 대체 누가 집에서 일을 하고 싶어 하는지 당최 이해할 수가 없단다. 내일이라도 당장 집에서 일을 하라고 할까 봐 하루하루가 불안의 연속이다.

회사 사무실이 집처럼 편안할 수 없는 이유는 의외로 사소할 수 있다. 편안하지 않은 복장, 신발을 계속 신고 있어야 하는 자세, 모두가 함께 사용하는 화장실이나 탕비실 등은 이 공간이 공동체의 것임을 무의식적으로 상기시키며 긴장감을 준다. 이런 경우에는 업무 이외에 달리 할 일이 없기에 낯선 공간이 주는 긴장감과 경직성이 집중력을 높여 주기도 한다.

실제로 회사에 출근해서 처리하면 한두 시간 안에 끝날 일이 재택근무 시에는 2~3일이 걸려도 끝나지 않는 경우가 있다. 재택근무 시 업무의 집중도에 각별히 신경을 쓰지 않는다면 비일비재하게 일어날 일이다.

편안하고 익숙한 환경이 마음을 편하게 만들어 주는 면은 분명히 있다. 그러나 이는 재택근무 시 분리된 업무 공간을 조성했을 때의 장점이다. 원래 쉬는 기능에만 충실하게 세팅된 개인 공간에서는 업무를 효율적으로 볼 수 없고 마찬가지로 업무 효율이 극대화되도록 만들어진 사무실에서는 집처럼 편히 쉴 수 없다.

업무를 빨리 끝내고 싶거나 또는 아이디어가 마구 샘솟아 모처럼 재택 야근을 할 때도 있지만 주기적으로 남용하면 효과가 떨어짐은 물론이거니와 일의 효율성도 떨어지고 작업 결과물의 질도 낮아진다.

극단은 언제나 부작용을 낳는다. 하루가 몽땅 업무에 소비되는 것만큼이나 전혀 할 일이 없는 하루도 정신적·신체적 건강상 좋을 것이 없다. 일과 휴식의 분배만큼이나 업무의 양도 적절히 조절할 줄 알아야 한다.

재택근무에서 가장 기본이 되는 것은 업무 공간과 주거 공간의 분리이며 이는 업무와 사생활을 둘 다 보호하고 존중하기 위함이다. 무엇보다 중요한 것은 세팅된 공간 사이의 업무와 개인 생활의 조화와 균형이다.

재택근무
맺음말

똑똑한
맺음말

COVID-19 시대가 되자 한 번도 들어 본 적이 없는 '집합 금지'가 시행되었다. 내담자든 수강생이든 일단 사람을 만나야만 일을 할 수 있는 내게는 청천벽력이 따로 없었다. 환경협회의 자격증 강의를 맡고 대학 상담센터를 나가며 사설 상담센터에서도 스케줄이 있던 내가 반(半)백수로 전락하는 데는 불과 몇 주가 걸리지 않았다.

수많은 사람들이 직장을 잃었고 자영업자들은 눈물을 흘리며 폐업 신고를 했다. 그나마 직업을 붙들고 남은 사람들은 어떻게든 방법을 찾아야 했다. 인터넷 대국이자 IT 강국답게 모든 것이 삽시간에 '온라인화'된 이유다.

온라인의 물결은 가정생활도 한바탕 흔들어 댔다. 등교를 못 하고 집에 있던 초등, 고등학생 아들들이 온라인 수업을 준비해야 했다. 무슨 프로그램을 컴퓨터에 설치해야 하고 카메라에 마이크에 무슨 장비가 필요하단다. 아이가 둘이고 시간도 겹치니 모든 장비는 두 개씩, 아니 잘 안 될 경우를 대비해서 네 개씩 준비되어 있어야 했다. 집 안에는 온갖 전자기기와 전선들이 등장했고 태블릿이며 휴대폰이 총동원되었다.

생활이건 직업이건 가릴 것 없이 내용과 본질은 변하지 않았는데 그 방식과 형식이 달라졌다. 새로운 방식에 대해 기존에 우려하던 단점도 있었지만 의외의 장점도 상당하다. 각종 영역에서 단점은 보완하고 장점은 극대화시키는 작업이 한창이다.

한동안 일을 놓고 쉬던 차에 온라인 프로그램을 사용할 줄 아는 상담사를 구하는 공고가 눈에 띄기 시작했다. 어쭙잖지만 이런저런 기회로 온라인 프로그램을 써 본 경험이 쌓이면서 받을 수 있는 의뢰가 늘기 시작했다.

물론 순탄한 과정만은 아니었다. 각기 다른 화상 프로그램을 익히느라 진땀을 뺐다. 하나를 마스터해 놓으면 다른 게 또 튀어나왔다. 비슷하게 돌아가는데 뭔가 하나씩은 묘하게 달랐다. 많은 것들에 익숙해지기 위해서는 그보다 훨씬 많은 시행착오와 경험이 필수였다. 격동과 혼란의 시기이니까, 한 번도 겪어 보지 않은 시대이니까라고 위안했다. 조금씩이라도 나아지고 있고 분명히 적응해 가고 있다고 믿으며 매달릴 수밖에 없었다.

여러 프로그램을 써 본 덕분에 시중에 나와 있는 어지간한 것들은 최소한 한 번씩은 내 손을 거쳐 갔다. 생소한 만큼 새로운 능력이 경력이 되기 시작했다. 그렇게 오랜 기다림 끝에 새로운 기회들을 만날 수 있었다.

격렬한 변화의 시간을 보내는 동안 겪은 서툰 것들은 이제 익숙함으로 자리매김하고 있다. COVID-19이 물러간 이후에도 사라지지 않을 것임이 확실한 신(新)문물들이 여기저기에 가득하다.

새롭다. 새로운 시대의 새로운 세상이다.

그렇게 사람도 새로워질 필요가 있다.

말랑한 맺음말

　　　　　새롭게 살아가야 하니까 적응은 한다. 그러나 적응해 갈수록, 돌아볼수록 그저 구(舊)문물이 그립기만 하다. 멀어져 버린 기존의 세상으로 돌아갈 길은 요원하기만 하다. 슬프다.

　처연(悽然)하게 세상을 바라보다 보니 문득 오래전 공룡들이 멸종하기 전 세상도 이렇게 급변했을까 생각이 들었다. 평화롭게 살던 공룡들이 어느 날 자취도 없이 사라진 이유도 이런 종류의 갑작스러운 변화 때문은 아니었을까.

　공룡은 멸종한 것이 아니라 적응한 것이라는 고고학자의 말이 생각난다. 더 이상 큰 덩치로 살아갈 수 없음을 알게 된 생명체들은 몸을 줄이고 식성을 바꾸고 그렇게 시간을 들여 자신들의 모습을 변화시킨 후 살아남았다. 그저 기존의 웅장했던 모습만이 사라졌을 뿐이다.

•

143

인간도 그와 같을까? COVID-19 대유행 이후의 세상은 확실히 급변했고 인간이 향유하던 문화의 일부는 멸종했을지도 모른다. 그러나 살아남은 것이 있다. 새 시대에 적응하기 위해 모습만이 달라지고 여전히 살아남은 것들, 우리는 거기에 주목해서 또 달려 나갈 필요가 있다.

물론 그렇게 새로운 세상을 열어 주었다 해도 아직은, 글쎄 아마도 영원히 COVID-19에 감사할 마음은 들지 않을 것 같다. 그러기에는 함께 맞이한 된서리가 너무나 혹독하다.

요즘은 '존버(속어 : 존나 버티다)합시다'가 인사다. 속된 말 속에는 억지로라도 버텨 보자는 이를 악문 다짐이 가득하다. 여느 때보다도 인간 자체에 대한 믿음과 신뢰가 필요한 때다. 생명체란 고난을 겪으며 성장하고 적응하며 발전하기 마련이다. 이 어지러운 속에서도 분명히 진행되는 일이 있다. 제대로 파악하고 붙들어야 한다. 가장 기본적인 첫걸음이 바로 재택근무를 이해하고 받아들이는 일일 것이다.

COVID-19이 위력을 과시하며 아직 여러 면에서 영향력을 발휘하고 있지만 좌절은 충분히 했을 터. 이제는 살아남을 사람들끼리 경험과 정보를 나누고 공유할 때다.

바로 지금 나와 함께 이 글을 읽고 있는 당신은 살아남을 것이다. 그리고 우리가 함께 나아갈 길은 예전에 한 번도 걸어 보지 않은 새로운 길이다.

참고 자료

1. INSEAD의 Gianpiero Petriglieri와 미국 사우스캐롤라이나주 클렘슨에 있는 클렘
슨 공립대학교의 Marissa Shuffler가 영국 BBC와 한 인터뷰

https://www.bbc.com/worklife/article/20200421-why-zoom-video-chats-are-so-
exhausting

2. Nicholas Bloom 스탠퍼드대 경제학과 교수의 재택근무의 효과를 입증한 연구

https://www.quickbase.com/blog/new-study-finds-telecommuting-increases-
team-productivity

https://www.bbc.com/worklife/article/20200710-the-remote-work-experiment-
that-made-staff-more-productive

3. 오하이오 대학 경제학과 Glenn Dutcher 조교수의 2012년 연구 결과
⟨The effects of telecommuting on productivity: An experimental examination. The
role of dull and creative tasks⟩

https://www.sciencedirect.com/science/article/abs/pii/S0167268112000893

https://www.cnbc.com/2020/03/12/study-how-working-from-home-boosts-and-
hurts-productivity-creativity.html

4. 보스턴 대학의 조교수 Jesse Shore의 정보의 개방성 실험 연구

〈Collaboration Has Its Limits〉

https://www.bu.edu/articles/2015/business-team-collaboration/

5. 버클리 대학의 교수이자 이전 미국 노동부 장관 Robert Reich가 영국 《가디언 (Guardian)》에 기재한 칼럼
〈Covid-19 pandemic shines a light on a new kind of class divide and its inequalities〉

https://www.theguardian.com/commentisfree/2020/apr/25/covid-19-pandemic-shines-a-light-on-a-new-kind-of-class-divide-and-its-inequalities

6. Netflix CEO Reed Hastings의 인터뷰
〈Netflix CEO Reed Hastings on Working From Home: 'I Don't See Any Positives'〉

https://www.thewrap.com/netflix-ceo-reed-hastings-on-work-from-home/

21세기 재택근무,
똑똑하고 말랑한 이야기

초판 1쇄 발행 2021년 3월 3일

지은이   박민정
펴낸이   이기봉
편집   좋은땅 편집팀
펴낸곳   도서출판 좋은땅
주소   서울 마포구 성지길 25 보광빌딩 2층
전화   02)374-8616~7
팩스   02)374-8614
이메일   gworldbook@naver.com
홈페이지   www.g-world.co.kr

ISBN   979-11-6649-366-9 (03810)